文春文庫

あだ討ち

柳橋の桜（二）

佐伯泰英

文藝春秋

目次

序章　11
第一章　飼い犬ヤゲン　14
第二章　お披露目　73
第三章　一番手柄　131
第四章　千社札の謎　188
第五章　五人目の悲劇　246
終章　307

「柳橋《やなぎばし》の桜」

おもな登場人物

桜子《さくらこ》　小さいころから船頭の父の猪牙舟にのせてもらい、舟好きが高じて船頭になることを夢見る。背が高いため「ひょろっぺ桜子」とも呼ばれている。八歳から始めた棒術は道場でも指折りの腕前。

広吉《こうきち》　桜子の父。船宿さがみの船頭頭。桜子が三歳のときに妻のお宗《むね》が出奔。男手ひとつで桜子を育てる。

猪之助《いのすけ》　船宿さがみの亭主。妻は小春。

大河内立秋《おおこうちりつしゅう》　薬研堀にある香取流棒術大河内道場の道場主。直参旗本大河内家の隠居で、大先生と呼ばれている。

大河内小龍太《こりゅうた》　道場主の孫で次男坊。桜子の指南役。香取流棒術に加え香取神道流剣術の目録会得者。

お琴《こと》（横山琴女《よこやまことじょ》）

桜子の幼馴染みで親友。父は米沢町で寺子屋を営む横山向兵衛《こうべえ》、母は久米子《くめこ》。物知りで読み書きを得意とし、寺子屋でも教えている。背が低いので「ちびっぺお琴」と呼ばれるときもある。

江《え》ノ浦屋彦左衛門《うらやひこざえもん》

日本橋魚河岸の老舗江ノ浦屋の五代目。桜子とは不思議な縁で結ばれている。

相良文吉《さがらぶんきち》

お琴の従兄。刀の研師にして鑑定家として知られる相良兼左衛門泰道《けんざえもんやすみち》の息子。祖父や父の仕事を見ていて刀が好きになり、手入れや鑑定を手がける。

小田切直年《おだぎりなおとし》

北町奉行所奉行。

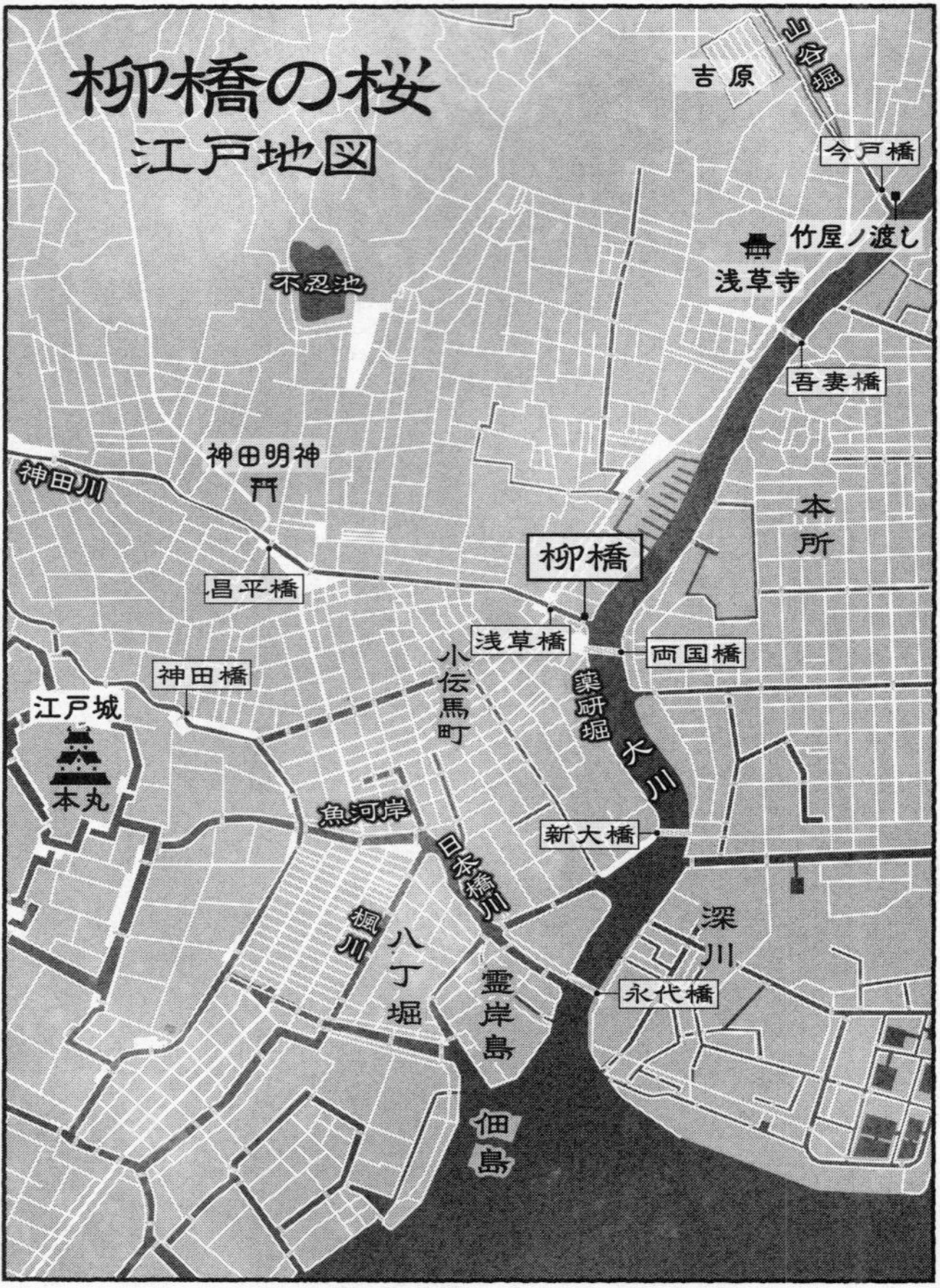
柳橋の桜
江戸地図
吉原
山谷堀
今戸橋
竹屋ノ渡し
浅草寺
不忍池
吾妻橋
神田明神
神田川
本所
柳橋
昌平橋
浅草橋
両国橋
神田橋
小伝馬町
薬研堀
江戸城
本丸
大川
魚河岸
新大橋
日本橋川
深川
楓川
八丁堀
霊岸島
永代橋
佃島

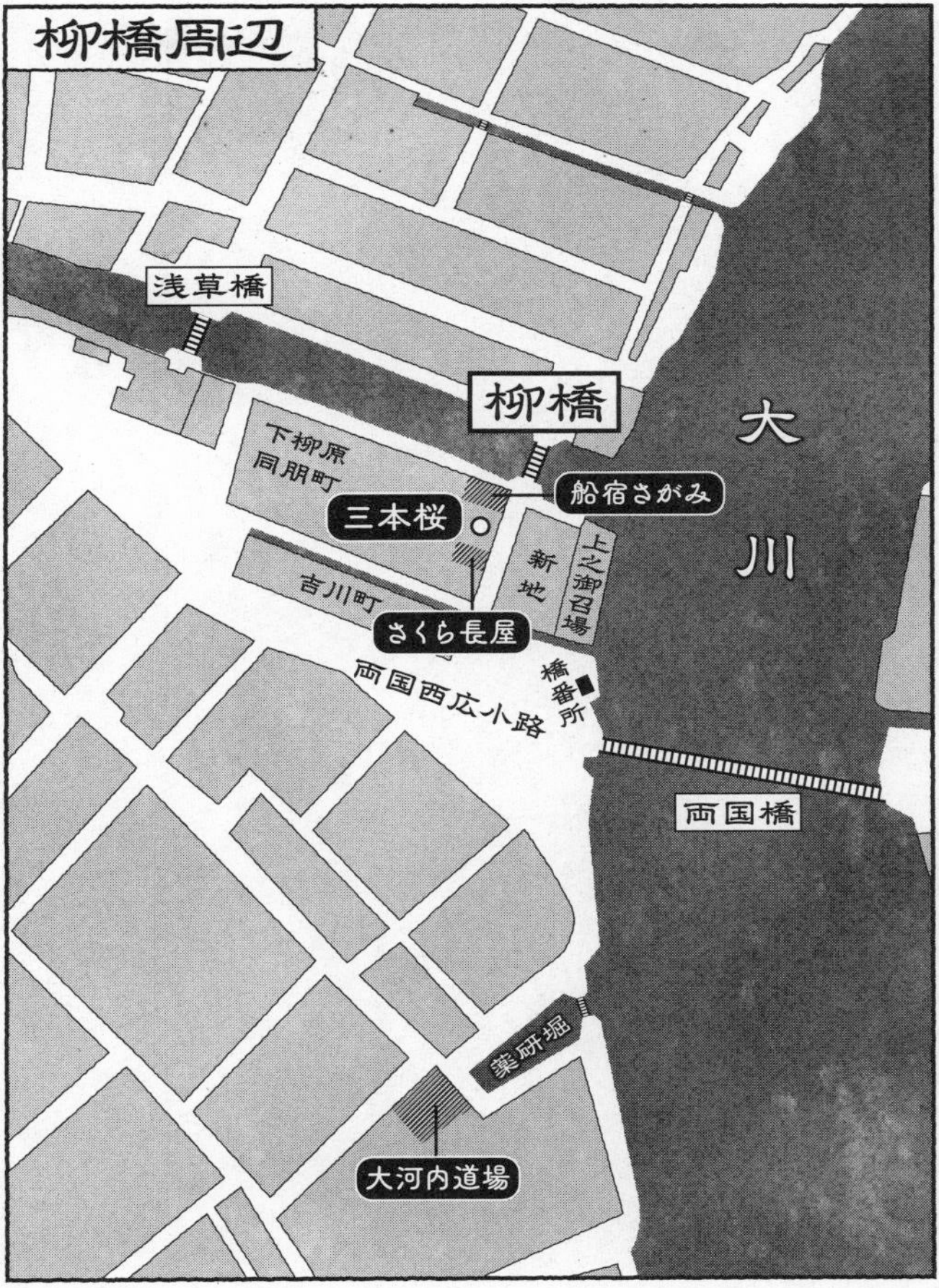
柳橋周辺
浅草橋
柳橋
大川
下柳原同朋町
船宿さがみ
三本桜
新地
上之御召場
吉川町
さくら長屋
橋番所
両国西広小路
両国橋
薬研堀
大河内道場

あだ討ち

柳橋の桜（二）

序章

徳川家康《とくがわいえやす》が幕府を開いた江戸から肥前長崎《ひぜんながさき》を経由して何万海里も航海した先、阿蘭陀《オランダ》国の古い港町ロッテルダムの小さな美術店に一枚の絵が飾られてあった。

さほど流行《はや》っているとは思えない美術店にふらりと入ってきた絵描きと思《おぼ》しき老人が、じいっ、と凝視して、

「フェルメールの画風に似ておるな」

と呟《つぶや》いた。

「お客人、当たりです。フェルメール好きの名もなき絵描きが描いた作品でしてね、当人は彼の作風を模した絵を描いたつもりです」

「絵描きは存命か」

客の問いに主《あるじ》はしばし沈黙し首を横に振り、

「この絵にすべてを懸けていた絵描きは世間の冷たい評価に幻滅して身罷《みまか》りまし

た」

「自裁か」

「と、聞いております」

客はふたたび絵に目をやり、

「異人の幼い娘のように見受けるな」

「この無名の画伯アルヘルトス・コウレルは、十年余前、和国のナガサキに商館長の付き人としてわたり、都のエドを訪ねて滞在したとか。その折り、幼い娘が桜の老木の幹に額をつけ合掌して祈っている光景に出合って関心を抱き、描いたそうです。『花びらを纏《まと》った娘』と呼んでくれと申しておりました」

「ほう、『花びらを纏った娘』か。なかなか達者な絵じゃが、昔と違い、フェルメール自身に人気がないわ。この絵は売れまいな」

「お客人、安くしときます。購《あがな》ってくれませんか」

「持ち金はさほどないぞ」

「いくらお持ちで」

「一・五グルデンかのう。次なる機会に本日の穴埋めをしよう」

無名ながら達者な技量の持ち主の絵描きが描いた絵を購う額ではない。主は店の奥に所有するもう一枚、『チョキ舟を漕《こ》ぐ父と娘』について客に説明するかどうか迷った末、『花びらを纏った娘』が気に入ったならばまた来店するだろう、その折りに説明しようと考え直した。そしてせいぜい一着の服を買う値段である一・五グルデンの申し出に、

「いいでしょう」

と美術店の主は返答した。

第一章　飼い犬ヤゲン

一

文化《ぶんか》二年（一八〇五年）の夏の盛り。

『花びらを纏った娘』の人物《モデル》は遠い異国の地で売られた絵に自分が描かれていることなどつゆ知らず棒術の稽古《けいこ》に熱中していた。

近ごろではお琴《こと》の父親が師匠の寺子屋通いより棒術の稽古に熱心だった。そんな桜子《さくらこ》の相手を小龍太《こりゆうた》が務めてくれた。

「桜子、近ごろ毎日うちに稽古に通ってくるな。なんぞ曰《いわ》くがあるのか」

「若先生、迷惑ですか」

「うむ、そなたの稽古にはなかなか色気があるというてな、また新しい門弟が入ってきおったわ。貧乏道場としては、あり難いことよ」

「とは申せ、入門料も月々の稽古代も決まりはなし、盆暮れに竹籠《たけかご》を道場の隅に置いてもさほど金子《きんす》は集まりませんよね」

「このご時世じゃぞ。商人《あきんど》相手の商いならよかろうが、昨年暮れの稽古代は、一両と少々、銭が五百三十二文であったな。桜子、二朱、そなたが入れたな」

「若先生、見ていたの」

「貧すれば鈍《どん》するかのう。いささかでも稽古代を上げようか」

「稽古代を上げるという前に、まずは月謝はいくらいくらとお決めにならないと、上げるもなにもありませんよ」

「そうじゃのう。わが道場主の隠居様に願っても、われら飢え死にもせず生きておるではないか、なにが不満かと言われて終わりじゃな」

とあっけらかんと応じた小龍太が、

「うちのことより桜子、そなた、なんぞ相談があるのではないか。そういえばそなた、女船頭を船宿さがみでやるのではなかったか」

「若先生、覚えてくれていたのね」

「大事なことじゃや、忘れるものか」

「さがみの猪之助《いのすけ》親方がしばし女船頭になるのは待てというのよ」

「読売で読んだがこのところ立て続けに猪牙舟《ちょきぶね》の船頭を襲う強盗《ぶったくり》が起こってお
るそうな、そのあおりを食ったか」

「そういうことよ、若先生」

「親父どのはどういうておられる」

大河内《おおこうち》家の隠居にして道場主の立秋《りっしゅう》老が寄ってきてふたりの問答に加わった。

「この一件、お父《とっ》つぁんが、さがみの親方とおかみさんに泣きついたのよ。わた
しよりお父つぁんの猪牙舟が危ないのにね」

「おい、桜子、船頭の稼ぎはぶったくりが襲うほどいいものか」

と半年の道場の稼ぎが一両と五百三十二文の道場主が尋ねた。

「大先生、ほかの船頭さんは知りませんけど、船頭頭《がしら》のお父つぁんはさがみの奉
公が長いでしょう。稼ぎの六・四かな。六分がお父つぁんの懐《ふところ》に入るの」

「ということは若手の船頭は五・五か」

「いえ、もっと低いと思います。きっとわたしが猪牙舟に乗っても三・七、もっ
と低いか」

「ぶったくりめ、そんな船頭の懐を狙《ねら》いおるか」

「上客のお馴染《なじ》みさんならば、柳橋《やなぎばし》から今戸橋《いまどばし》まで四百文かな、帰り客は半額よ。日に五、六回、往来して二分といった稼ぎね、遠出すればそれなりに稼げるから、均《なら》してお父つぁんの一日の稼ぎは八百文から千文かな。酒手を入れると千文とちょっと稼ぐときもあるし、雨風の折りは半分にもならないわね」

「暑さ寒さを堪《こら》えて稼いだ銭を奪うためにぶったくりめ、船頭を殺しおるか」

と立秋老が怒りの口調で言った。

夏の始めのころから船頭の稼ぎを狙う猪牙強盗《ぶったくり》が流行りはじめていた。これまでに四人が襲われてそのなかのひとりは、酒手を渡すふりをしたぶったくりに腹部をいきなり刺されて即死した。川向こうの本所《ほんじょ》の船問屋の船頭と、桜子は聞いていた。

「わたし、お父つぁんの身が心配なの」

「ならばどうだ、桜子が子供の折りのように広吉《こうきち》どのの猪牙舟に同乗しては。そなたらならば江戸一名高い船頭親子ゆえ、さすがの猪牙強盗も手は出せまい」

「お父つぁんがうんと言ってくれるかな」

「この一件、さがみの親方とおかみさんを口説《くど》き落とすのが先だな」

と小龍太が言い、

「これから柳橋のさがみに立ち寄って相談してくるわ」

と桜子が応じた。

稽古着を普段着に着かえて道場の外に出ようとすると、見送るように犬のヤゲンがついてきた。ヤゲンの名の由来の薬研堀《やげんぼり》まで出てもまだ桜子に従っている。その様子を見ていた小龍太が、

「おい、ヤゲン、おまえが親父さんの用心棒犬を務めるつもりか」

と犬に冗談を言った。するとヤゲンが尻尾《しっぽ》を大きく振った。

「桜子、ヤゲンめ、本気じゃぞ」

「まさか、そんなこと」

「ヤゲンがそなたに従いたいというのであれば連れていけ。柳橋から薬研堀くらいなら独りで帰れよう」

と小龍太が言った。ヤゲンの首輪には、

「薬研堀棒術道場ヤゲン」

と小龍太が認《したた》めた木札がついていた。

「棒術道場の暮らしに飽きたのかな」

「ヤゲンめ、うちの実入りを聞いて飢え死にするとでも思ったか。ううん、犬ま

でうちを見捨てておったか」

と小龍太が冗談とも本気ともつかない口調で言った。

「ヤゲン、ほんとに柳橋にわたしと行くの」

桜子の念押しに相変わらず尻尾を振って応えている。

「若先生、致し方ないわ。ヤゲンがどこまで行くつもりか、連れていってみます。さがみまでついて来たら、今晩はうちの長屋に泊めて明日道場に連れ戻ります」

桜子が小龍太に言うと、飼い主が頷《うなず》いた。

ヤゲンは両国西広小路《りょうごくにしひろこうじ》の雑踏を横目に桜子に従い、下柳原同朋町《しもやなぎはらどうぼうちょう》の表町《おもてちょう》の神木三本桜までくると、桜子が額を幹にあてて拝礼するのを足元に行儀よくお座りして待機していた。さすがに武家屋敷で飼われていた犬で礼儀を心得ていた。

「おまえの元の飼い主は妙な殿様でさ、代々続いていた御作事奉行《おさくじぶぎょう》の旗本中山《なかやま》家をつぶしたのよ。まさかおまえさん、神田川《かんだがわ》土手上の屋敷に戻りたいなんて言わないよね。火事で燃えちゃったんだから、あそこにはなにもないの。白丸《しろまる》と呼ばれていたおまえに餌《えさ》をくれていた女衆《おんなし》も家来衆も焼け死ぬかちりぢりになってだれもいないはずよ。ひとり殿様だけが深川《ふかがわ》の隠れ屋敷で生き残って、お妾さんといい思いしようなんて通らないことは、犬のおまえにだって分かる道理よね、馬鹿殿様だよね」

とヤゲンに話しかけながら、

(そうだ、中山家の嫡男《ちゃくなん》の民之助《たみのすけ》はどうしているのだろう)

と思い出し、吉川町《よしかわちょう》の鉄造《てつぞう》親分に聞いてみようかと思ったが、余計なことと叱《しか》られそうとも考えた。

桜子とヤゲンは、三本桜に拝礼したあと、柳橋界隈《かいわい》の船宿のなかでも老舗《しにせ》のさがみを訪ねた。すると河岸道《かしみち》に猪之助親方がいて、

「おや、中山家のお犬様の白丸連れかえ」

と桜子に言葉をかけてきた。

ヤゲンはその言葉に対してなんの気配も見せなかった。

「親方、この犬はもはや白丸じゃありません。棒術大河内道場の飼い犬ヤゲンです。間違わないでね」

「ヤゲンね、犬の名にしちゃ変てこりんなのを若先生は付けたもんだな。それが嫌さに桜子に従ってきたのか」

「あら、そうなの」

と桜子がヤゲンに聞いたが犬が答えるわけもない。その代わり、河岸道から船

宿の広々とした土間に勝手に入っていき、涼しげな一角にべたりと寝転がった。

「親方、お父つぁんは仕事ですよね」

「ああ、船頭頭は横川《よこかわ》の船問屋まで顔見知りの客を乗せていっているぞ」

と親方が応じた。女将《おかみ》の小春《こはる》が船宿の土間に休むヤゲンを見ながら、河岸道に出てきて、

「桜子ちゃん、なんぞ用なの」

と質《ただ》した。

そこで桜子は棒術の大河内道場で道場主と跡継ぎに相談したことを親方夫婦に告げた。

「おお、そのことか。うちでもな、流しでは馴染み客以外は拾うなと言っているが、それじゃあ船頭は稼ぎになるめえ。一刻《いっこく》も早くぶったくりが捕まってくれるといいのだがな」

と親方が案じて、

「おまえさん、鉄造親分から、ぶったくりはひとりではないという話を聞かされたわよ」

「何人ものぶったくりが猪牙舟に乗り込むのか」

「違うわよ。最初にやったぶったくりを次々に真似《まね》ているのよ」

「なんだ、そういうことか。景気が悪いご時世だ、仕事がねえ野郎はあちらこちらに沢山いらあ。そんな連中がわれもわれもと猪牙の船頭を襲ってみろ、船宿なんど立ち行かなくなるぞ」

小春に亭主の猪之助が応じて桜子に視線を移し、

「なんとも厄介《やっかい》だな。昔、桜子が片親で育てられていると承知の馴染みの客がよ、親父さんの足元に幼い娘が同乗するのを赦《ゆる》してくれたがな。こう大きくなった娘じゃな」

と背の高い桜子を大げさに見上げる仕草をした。

「おまえさん、猪牙にただいまの広吉さんと桜子の親子が乗ったら、客はめじろ押しでうちの船着場に行列ができるわよ。なにしろ幾たびも読売に書き立てられた江戸一評判の船頭親子ですもの」

「だがよ、読売に書かれた人気にまかせての親子の船頭稼業っていうのもどうかね。うちの船頭だけではなくてよ、ほかの船宿の船頭衆の稼ぎの邪魔をするようでな、さがみは船頭親子を金稼ぎに使っているなんて嫉妬されるんじゃねえか」

と猪之助が首を捻《ひね》った。

「親方、わたしもお父つぁんの用心棒なんて嫌ですよ」

「ならばヤゲンを親父さんの猪牙に乗せるかえ」

船宿の土間に気持ちよさげに休む犬を猪之助親方が振り返った。

「おまえさん、番犬連れの猪牙舟にお客が乗ってくれるかね」

とこんどは小春が首を傾《かし》げた。

船宿にとって船頭の稼ぎを強引に奪い盗《と》るぶったくりは腹の立つ所業だった。ましてや、船頭ひとりが殺されているのだ。

腕組みして思案した猪之助親方が、

「どうだ、ぶったくりがお縄になるまで、おまえさん方親子で猪牙ではなくて屋根船の船頭をやらないか。うちの上客はまずおまえさん親子と顔馴染みだ、それに小春がいうようにあれだけ派手に読売に書かれたんだ。親子ふたりが先の年末年始のように屋根船の船頭を務めてくれたらさぞ喜びなさろうぜ。猪牙の客とは別の筋だからよ、嫉妬もおきまい」

「お父つぁんがどういうかしら」

と桜子はそちらを案じた。

「親父さんは猪牙の船頭が好きだからな。だが、船頭頭がいつまでも猪牙舟でもあるまい。若い船頭衆の手本によ、新造の屋根船を使いこなしてくれないかね。一度おれが親父さんを説得してみよう」

と請《う》け合った。

そんなところに広吉の真新しい猪牙舟が戻ってきた。

「親方、また昨日の宵《よい》にな、深川の船宿の猪牙がぶったくりに襲われて、稼ぎを奪われたうえ、命まで盗られたとよ」

と広吉が言いながら河岸道を見上げた。

「なに、また猪牙舟にぶったくりが出やがったか。これ以上、猪牙強盗が流行りやがると、ほんとうに船宿は潰れかねないぜ」

と猪之助が厳しい口調で言い放った。親方の苦い顔付きに、

「桜子、さがみの手伝いにきやがったか」

と広吉がぶったくりへの怒りを娘にぶつけるように問うた。桜子は黙って首を横に振り、

「親父さんよ、桜子はおめえさんがぶったくりに襲われはしないかと案じてうちに相談にきたのよ」

と親方がこれまで交わしていた問答のあらましを告げた。

「おりゃ、心配ねえよ。馴染みの客人だけを猪牙に乗せてよ、決して知らねえ客は拾わねえからよ」

「猪牙の船頭衆がそんな商いしていたら、船宿の評判を落とさないかしら」

と桜子が言った。

「そうだがな、命には代えられめえ。これまでこんなことはなかったのにな」

と広吉がぼやいた。

「どうだ、親子で屋根船に乗る気はねえか。おまえさんはうちの船頭だ。猪牙は長いこと乗ってきたからもう十分だろう」

そんな親子のやり取りを聞いた猪之助が、

「親方、おりゃね、川風を浴びながら櫓《ろ》を握ってよ、お客人と話をするのが好きなんだよ。時には屋根船も悪くはねえが、やはり猪牙だねえ」

と広吉が独り船頭に拘《こだわ》った。

「そうか、ダメか」

とがっかりとした様子の親方が、

「ならばよ、あの白丸だか、ヤゲンだかを親父さんの用心棒代わりに乗せないか。犬が乗っているとなればぶったくりも手は出せまい」

「はあっ」

と言った広吉が、

「親方よ、『花さかじいさん』じゃねえや、犬に守られて猪牙の船頭かえ。江戸っ子は粋が身上《しんじょう》でさ、御免色里《ごめんいろさと》の吉原《よしわら》や、川向こうの遊び場向島《むこうじま》に通いなさるお客人だぜ、犬に守られた船頭の猪牙に乗るかね」

と言い返した。

「ううん、この手もダメか。どうしたものかね」

と猪之助親方が唸《うな》った。

「親方、わっしはね、最後まで猪牙の船頭でいいや。長いことさがみに世話になってきたんだ、少しでもお返しはしたいがね。屋根船の主船頭は時たまならいいがよ、おりゃ、猪牙の合間ってのはダメかね」

と繰り返した。

「ならば、猪牙強盗《ぶったくり》がお縄になるまでの間はどうだ」

「ぶったくりはいまやひとりじゃねえらしいぜ。何人もいるぶったくりがひとり残らずとっ捕まるのはいつのことだ。おれたち親子だけがいい思いして生き残ろうなんて魂胆がよくねえぜ。そうは思わねえか、親方よ」

と広吉が言い切った。

「あれもダメ、これもダメ。打つ手はないぜ、桜子よ」

「親方、もういいわ。お父つぁんの好きにさせてくださいな」

と桜子が言うのを聞いた小春が、

「広吉さんの考えは分かったわ。では、何年も前から先送りしてきた一件、そろそろ答えを出してもいい時じゃない」

「えっ、なんの話だ、小春」

「おまえさん、桜子ちゃんが船頭になる話よ。これだけ広い江戸の八百八町《はつぴやくやちよう》よ、娘船頭がひとりくらいいてさ、明るい話のタネがあってもいいんじゃない」

「おめえ、猪牙強盗が流行っているんだぞ、そんな最中に娘船頭か」

と船宿さがみの夫婦が言い合った。しばし間をおいた小春が、

「こんな暗いご時世だからこそ、娘船頭の働きぶりが世間を明るくするのよ。なにより桜子ちゃんは、棒術の達人でしょ、ぶったくりのひとりやふたり、なんでもないわよね」

と桜子を見た。

まさかこの場でこんな話が出てくるとは思わなかった桜子だが、これまでの話の内容が内容だ。即答は出来なかった。

「桜子ちゃん、船頭になるのは諦めたの」

「いえ、そうじゃありません」

「ならばこの際、親方と親父さんの前で、この話をきっちりと決めなさい。おまえさんはすでに親方からもらった猪牙舟を持っているんですからね。うちとは、稼ぎの割合を決めればいいことよ」

と小春が亭主の猪之助親方と桜子の父親の前で言い切った。

「お父つぁん、いいの」

「おまえがよ、船頭仕事が好きというなら致し方ねえや。それこそ棒術の若先生んちの犬を乗せて、試しにやってみねえ」

とついに許しを与えた。

二

桜子はその日のうちに長年馴染んだ猪牙舟にヤゲンを乗せて大川から薬研堀に入っていった。すると片番所付の長屋門の前に立っていた小龍太が岸辺に寄ってきて、

「ヤゲン、帰りは猪牙舟で送られてきたか。そなたの飼い主より贅沢な扱いよのう」

とうらやましそうな声をかけてきた。

敷地のなかから鶏の鳴き声が長閑《のどか》に聞こえるのは武家地のなかでも二百七十石御同朋頭《ごどうぼうがしら》の大河内家だけだ。ほかの武家屋敷は千石以上の役付き、大身《たいしん》旗本だ。敷地内で棒術を教え、畑もあり、鶏がそこらを歩き回っている屋敷などほかに見当たらない。とはいえ、薬研堀で大河内家がないがしろにされていることはなかった。

幕府も香取《かとり》流棒術を代々教えてきた大河内家に、公儀の準官許武術家としての扱いを授けていた。旗本や御家人の子弟だけではなく町人でも志《こころざし》程度の稽古代しか貰わず、武門の技量向上に貢献していたからだ。

「若先生、わたし、親方から船宿さがみの女船頭を許されたの」

「おお、念願叶《かな》ったか」

「でも、わたしが船頭をするのにお父つぁんから注文がついたの」

「なんだな、桜子」

「お父つぁんは自分がそう言われたときは拒んだくせに、わたしの船にはしばらくヤゲンを伴えというのよ」

「なに、香取流棒術の高弟に対して番犬がつくか」

と言いながら小龍太はにやにや笑いした。

「若先生、おかしいですか」

「いやいや、親心を笑うてはいかんな。すまなかった、桜子。まあ、いまはだれもが猪牙強盗を気にかけておるわ。まして、船宿に雇われた船頭にはこれまで例のなかった娘船頭の誕生じゃぞ。うちの飼い犬がその一端を担う。ヤゲン、名誉なことじゃぞ」

と最後は飼い犬に話しかけたが、ヤゲンは猪牙舟から降りようともしなかった。

「桜子、船宿さがみの船頭として働き始めるのはいつからだ」

「一応猪之助親方が町奉行所に相談するそうです。おそらく四、五日はその内諾を得るのにかかろうということでした」

江戸期、「八品商《はっぴんしょう》」と称された、質屋・古着屋・古着買・小道具買・唐物《からもの》屋・古道具屋・古鉄《ふるがね》屋・古鉄買の八つの商いは、品物の売買に際して不正の取引きが起こりやすいということで、格別に町奉行所の差配を受けた。これに対して、船宿は、元々江戸の内海や大川、神田川などの漁師たちの副業がいつのまにか専業の船宿商いに発展したと考えられ、屋根船や猪牙舟が遊興や交通の手段として使われるようになった。ために船宿や船頭が公儀から差配監督されることはなかった。

だが、猪牙舟が盗みの品の運搬に使われたり、船頭自身が強盗に狙われたりする折りから、江戸でも古手の船宿さがみとしては、一応町奉行所にお伺いを立てることにしたのだ。

「ならばヤゲンはすぐに番犬の務めをなすことはないか」

「ございません。されどおかみさんがいつでも猪牙舟の船頭が務まるようにヤゲンと江戸周遊をしておいでと命じられたゆえ、そのお願いに参りました」

「なに、ヤゲンは猪牙舟番犬の練習か」

「はい、わたしもヤゲンも見習い稽古です」

ふーん、と鼻で返事をした小龍太が、

「猪牙強盗が現れんともかぎらん。それがしが、客の体《てい》でヤゲンともども用心棒を務めようか」

「えっ、若先生ったら、猪牙舟に乗るのが好きになったの」

「過日の江戸川の大洗堰《おおあらいぜき》の舟遊びでな、嵌《はま》ってしまったのだ。とはいえ、わが懐は閑古鳥《かんこどり》が鳴いておるでな、桜子、そなたの見習い稽古に付き合うのはいかんか」

桜子が笑い出し、

「いいわ、若先生、お乗りなさいな。ヤゲン、いい、おまえの飼い主はわたしたちの見習い稽古のお客さんだって」

「おお、乗せてくれるか。しばし待ってくれぬか。爺様に断って参るでな」

と小龍太が急ぎ、門を潜《くぐ》って道場に戻っていった。

桜子とヤゲンが薬研堀の岸辺に植えられた柳の日陰で待つ間もなく、菅笠《すげがさ》を被《かぶ》り、黒塗りの脇差《わきざし》を一本差しにして遣い慣れた六尺棒を携《たずさ》えた小龍太がそそくさと現れた。

「事情《わけ》を聞いた爺様が、小遣いを持たせてくれてな、『桜子の邪魔をするでないぞ。できれば猪牙強盗をとっ捕まえよ』と命じられた」

と言いながら猪牙に飛び乗ってきた。

ヤゲンは主が加わったことがうれしいか、わんわんと吠《ほ》えて歓迎した。

「猪牙舟に乗るのは久しぶりじゃな」

と胴の間に腰を下ろそうとした小龍太が、

「それがし、なんぞ手伝うことはないか」

「お客が見習い船頭を手伝ったらおかしいわ。お客さんの真似ごとでも、胴の間にでんと乗っていてくださいな」

と桜子に言われて、艫《とも》で櫓を握った桜子とヤゲンに向き合うように腰を下ろすと、

「よいな、陽射《ひざ》しは強いが川風が稽古の汗を拭《ぬぐ》ってくれるわ。夏は、ヤゲン、舟遊びがなによりじゃぞ」

と言った。

「おや、まるで若夫婦と犬一匹、猪牙舟に乗るの図に見えるな」

と薬研堀の口に架かる難波橋《なにわばし》から声がかかった。

「あら、鉄造親分さん、わたしども夫婦者に見えますか」

「見えんこともないというておるのだ、差しさわりあるかな」

「わたしにはないけど若先生は迷惑よ。ところで親分さん、なぜわたしの猪牙に目をつけたの」

「そういうわけではない。例の猪牙舟のぶったくりが流行っているでな、縄張りうちの川べりを見廻っているところだ」

と答えた鉄造親分は手下をふたり連れていた。

「大河内家の若先生が猪牙の客とは思えんな。それに中山家の飼い犬も舟に乗っているとはどういうことだ」

と最前より慎重な口調で質した親分に経緯を話した。

「ついに親父さんは桜子の娘船頭を許したか」

「はい、自分の猪牙にはヤゲンを乗せない代わりにわたしの舟に番犬をしばらく乗せることという命《めい》が下ったのです」

「そのうえ、棒術道場の跡継ぎまでな、客代わりに乗せたか。いくらなんでもこの猪牙にはぶったくりも眼をつけまい」

と得心《とくしん》した鉄造親分が、

「若先生、なんとかひとりふたりぶったくりを捕まえてくれませんかね」

と願った。

「おお、その心づもりで手慣れた六尺棒を携えておるぞ。娘船頭も同じく得物《えもの》を積んでおるでな、猪牙強盗が現れるといいがな」

「そううまくはいきますまいがあてにしておりますからな。気をつけて舟旅を楽しみなされ」

と難波橋の上から鉄造親分と手下が見送ってくれた。

桜子は手を振り返すと猪牙舟を大川河口へと向けた。

「殺された猪牙の船頭は本所だったたな。あちら方面の見廻りか」

「若先生、勘違いしないでね。わたしは猪牙舟の船頭見習い稽古よ。差し当たってぶったくりより江戸の堀を見廻って土地を覚えることが大事なの。餅《もち》は餅屋で、ぶったくりは鉄造親分がたにお任せよ」

と言い切った桜子は大川の流れに猪牙舟を乗せて、ゆったりと櫓に手をかけて往来する舟を見廻した。すると桜子とは反対に上流に向かう猪牙舟から、

「おお、柳橋のひょろっぺ桜子じゃねえか。なんだえ、犬なんぞ乗っけて親父さんの使い込んだぼろ舟でぶったくりを捕まえる算段か」

と声がかかった。

「お父つぁんの舟は長いこと使い込んでいますが、さがみの猪之助親方が船大工さんに頼んできれいに修理してくれたばかりです。ぼろ舟ではありませんよ」

と自分を承知らしい相手と言葉を交わしてすれ違った。それを皮切りに荷船の船頭までが桜子に声をかけてくれた。

「おお、なかなかの人気者だな。この分だと稼ぎもそれなりのものになろう」

と小龍太は船頭見習いの稼ぎまで案じてくれた。

「若先生、本職になるとそう容易《たやす》く客がつきませんよ。地道に船頭稼業をこなして顔と腕を覚えてもらうことが大事です」

「そこだ。すでに桜子の顔は江戸じゅうに知られていよう」

「読売に載ったのはあちら様の都合です。娘船頭として信用してもらえるように一から地道に務めます」

「そうか、銭を稼ぐとなると容易くはないか」

いつの間にか猪牙は永代橋《えいたいばし》を潜って江戸の内海と接する大川河口に出ていた。

桜子は猪牙舟を北新堀大川端町《きたしんぼりおおかわばたちょう》の岸辺に近づけて方向を転じた。

「若先生、これからが娘船頭の本式の稽古ですよ。見ていてね」

と小龍太に言った桜子が猪牙舟の艫にある孔《あな》に竹棹《たけざお》を立てた。

夜になると提灯《ちょうちん》を吊《つ》るす竹棹だ。だが、いまはその先端に七夕かざりのように色鮮やかな吹き流しがつけられていた。

「娘船頭の看板かな」

「まあ、そんなところです。若先生、ヤゲン、娘船頭の猛稽古をご覧あれ」

と言った桜子が艫で足場を改め、櫓を握る手に力を入れた。

背丈五尺六寸の伸びやかな五体は香取流棒術の長年の稽古で鍛え上げられていた。しなやかに櫓が内海の海水を掻《か》き、猪牙舟はたったいま潜ったばかりの永代橋に向かって力強く進み始めた。

「おうおう、棒術で鍛えた足腰を使うと流れに抗して猪牙が進んでいくな。これならば男船頭に伍《ご》して船頭稼業が務まるぞ」

「若先生、たったいま大川を上り始めたばかりですよ。千住大橋《せんじゆおおはし》までどれほどの時がかかるか、よく見ていてくださいな」

「なに、大川河口から千住大橋まで漕ぎ上がる心算《つもり》か。それはいくら桜子でも大変ではないか。そうだな、一刻（二時間）、いや、一刻半（三時間）はかかろうな」

「お父つぁんは若いころ大川河口から千住大橋まで半刻《はんとき》（一時間）で遡《さかのぼ》ったそうよ」

「なに、ひとり船頭で半刻な。それはすごい」

「お父つぁんに挑んでみるわ」

と宣言した桜子の五体がしなり、ぐいっと櫓が水中を捉えて前進した。

「おお、なかなかの舟足じゃぞ。そう思わぬか、ヤゲン」

と飼い犬に返事を求めたが、ヤゲンも大川の流れに抗して進む猪牙舟の速さに驚いたか、行く手を黙って見ていた。

「おい、桜子、血相変えてどうした、柳橋に戻るところか」

と顔見知りの船頭が声をかけてきた。

「梶助《かじすけ》のお父つぁん、血相なんて変えてませんよ。わたし、大川河口からどれほどで千住大橋まで遡れるか試しているんですよ」

「なにっ、近ごろの男船頭はそんな真似は、きついといってやらねえぞ。娘のおめえがやるこっちゃねえ。腰を痛めるぞ。そうなりゃ、嫁にもいけまい」

「どうせ、ひょろっぺ桜をもらう男衆《おとこし》はおりませんよ」

と言い切り、そんなやり取りをにやにやと笑った小龍太だが、言葉を交わした猪牙舟はすでに遠く下流に離れていた。

「桜子、千住大橋まで遠いでな、そう慌てることはない。ゆっくりと参れ」

「ただのお客は刻《とき》の経過を見ているのが務めですよ」

と言い放った桜子の体がしなやかに動いて櫓が水中に泳ぐと、猪牙舟は、ぐいぐいと遡上していった。

大川を往来する猪牙舟や荷船や秩父《ちちぶ》あたりから下ってきた筏《いかだ》の船頭が、船尾に

華やかな吹き流しをつけた猪牙舟を見て、

「なんとまあ、ありゃ、女船頭ではねえか」

と呆《あき》れ返った。

筏と並走して内海に向かう荷足船《にたりぶね》の船頭が応じた。

「おお、ありゃ、柳橋名物のひょろっぺ桜子だよ、筏の衆よ」

「ほうほう、なんともすっと背の高い女子衆《おなごし》だな。ちゃんと客と犬まで乗せてござる。新手の趣向かね」

などと言い合った。

いつの間にか新大橋《しんおおはし》を潜り、桜子の猪牙舟は両国橋《りょうごくばし》に向かっていた。大川にはむろん遡上する猪牙舟が幾艘《そう》もいたが、桜子の猪牙舟があっさり追い抜いていく。

「なんだよ、あの猪牙はよ」

「おお、柳橋さがみの船頭頭広吉父つぁんの娘だな」

「なに、桜子か」

と言い合う船頭たちをよそに小龍太と犬を乗せた猪牙舟はぐんぐん進んで両国橋を越えた。

「桜子、そなた、真《まこと》に嫁には行かぬ気か」

と突然小龍太が問うた。

「おや、若先生までわたしの行く末を案じているの」

「それがしはそなたが幼き折りからともに棒術の修行をしてきた、いわば身内同然の間柄よ。冗談の問答ならばよいが、まさか本気ではあるまいな」

桜子が櫓を操る動きを止めることなく小龍太を見下ろした。

「若先生は背丈が六尺を超えているわね」

「背丈は大河内の兄弟のなかでも大きいな」

「いつも道場では門弟衆を見下ろして稽古をつけていなさるわね」

「それがどうした」

「わたしは艫に立ち、櫓を操り、若先生は胴の間に座っておられる。わたしを見上げる心持ちはどう」

「どうというて、いつもの桜子が船頭を務めておるゆえ、当然、桜子から見下ろされておるな」

「嫌じゃないの。女のわたしから見下ろされて」

「そなたは、娘船頭になる身だぞ。船頭は立ち、客は座っておる。それだけのことだ」

しばし間を置いた桜子が、

「そうか、若先生はだれよりも背が高いから、そもそも背丈のことなど気にしないんだ」

「桜子、娘船頭になれば、さようなことを案じる要はない。客は客の立場で胴の間に座り、船頭は艫に立ち、櫓を漕いで仕事をする。若いそれがしが身分違いの年配の門弟衆であっても指導するのと同じ、つまりは立場の違いだ。それだけのことよ。それより」

と言葉を切った小龍太が、

「背丈が高かろうと桜子は、柳橋界隈で評判の美形だぞ、反対に客の大半は男衆だ。そなたのことゆえ、努々《ゆめゆめ》油断はすまいが、猪牙強盗が姿を見せるご時世だ。どんな折りでも気など抜くではないぞ」

桜子が小龍太の真剣な言葉を聞いて、じいっと川面《かわも》を見つめながら、

「驚いたわ。若先生がわたしの身を案ずるの」

と質した。

「師匠が弟子の身を案ずるのがおかしいか」

「おかしくないけど、やっぱり今日の若先生は違うな。どうしたの、大河内小龍

太様。本心を告げてくださいな」

「ううん、どうしたものかのう」

「若先生、なにを考えているの」

「言うていいか」

「小龍太様はわたしのお師匠さんよ。なんでも言ってくださいな」

「話を途中で止《や》めるのはよくないな」

そんな問答の間にも猪牙舟は、浅草《あさくさ》の御《お》米蔵《こめぐら》を過ぎ、早くも吾妻橋《あづまばし》に差しかかろうとしていた。

「桜子、そなた、嫁にいかぬというのは本心か」

「あら、最前の話に戻ったの」

「おお、そなたを嫁に欲しいという男が現れたらどう致す」

「そんな仮りの話には答えられません」

「仮りの話ではない。おるのだ」

「どこに」

「それがしが桜子を嫁にすると言うておるのだ」

小龍太の突然の告白に桜子は魂消《たまげ》た。が、櫓の動きが変わることなく、猪牙舟は進んでいた。そのことが桜子の気持ちを平静にしていた。

「大河内小龍太様が見習い船頭のわたしを嫁にしてくれるの」

「おお、本心だ」

「驚いたわ」

「それだけか」

「いえ、考えてもいなかったわ」

と答えた桜子だが、

(いつかはこんなことになるのではないか)

と思っていた。

三

翌日、桜子は棒術大河内道場で朝から半刻ほど独り稽古をしたあと、薬研堀の船着場に泊めた猪牙舟に向かった。すると年配の武家方の門弟に稽古をつけていた小龍太が、

「しばし待たれよ」

と許しを乞《こ》うたあと、その朝桜子が返したヤゲンを連れ出してきて、舫《もや》い綱を解く桜子の猪牙に、

「今日はそなたの供を連れていかんでよいのか」

と綱をつけた犬を乗せた。

昨日、猪牙舟を半日ほど乗りこなした桜子は、小龍太を薬研堀へと送っていった。すると大河内家の番犬は、飼い主の小龍太といっしょに薬研堀の河岸道に下りた。

「ヤゲン、今宵《こよい》は道場の番犬を務めるのね。明日、稽古の折りに会いましょう」

と独り猪牙舟の艫に立った桜子は竹棹で船着場を突いた。

桜子は小龍太を見た。

「明日、会おうか」

と言った小龍太は猪牙舟を見送り、

「ヤゲン、餌が待っておるぞ」

と大河内家の門へとそそくさと向かっていった。

「それがしが桜子を嫁にする」

と突然告白とも冗談ともつかぬ言葉を吐いた小龍太は照れくさいのか、そのあとも猪牙舟の客の真似ごとを続けたが、そのことにはなにも触れなかった。桜子も淡々と猪牙舟を操り続けた。

「ヤゲン、道場の番犬をしっかりと務めるのじゃぞ」

と飼い犬に言ったが桜子には言葉をかけなかった。

(若先生ったら照れてるのかしら)

と思った桜子は、

「大河内小龍太若先生、また明日お会いしましょう」

と馬鹿丁寧《ていねい》な挨拶を残して猪牙舟を難波橋に向けた。

橋の下を潜れば大川だ。

桜子はなにげなく船着場を振り返った。驚いたことに小龍太とヤゲンが河岸道に戻って舟を見送っていたが、不意にヤゲンが河岸道を猛然と走ってきて猪牙舟に飛び乗ってきた。

「あら、ヤゲンたらわたしの番犬を務めてくれるのね」

と話しかけながら桜子は小龍太に手を振った。すると小龍太が大きく手を振り返して安心したように片番所付の門へと姿を消した。

桜子は昨日と同じように猪牙にヤゲンを乗せて船宿さがみの船着場に向かった。

出迎えた猪之助親方とおかみさんに、昨日の見習い船頭の半日を報告した。

「なに、大川河口から千住大橋まで一気に猪牙を遡上させたか。途中から舟足が落ちなかったか」

「いえ、そんなことは」

「なかったか。さすがに三、四歳から猪牙に親しみ、長年船頭の真似ごとをしてきたのはダテではなかったか」

「おまえさん、桜子は棒術道場で鍛えてきたんですよ、並みの娘とは違いますよ」

と小春が言い添えて、

「そうじゃのう」

と賛意を示した猪之助に大きく頷き返すと、船宿に戻っていった。

その姿を目で追っていた親方が、

「桜子、おまえが女船頭を為《な》すことを北町《きたまち》奉行所が許された」

と不意に告げた。

「えっ、昨日のうちにお許しが出ましたか」

「おお、出たのだ」

と答えた猪之助がしばし間をおいて、

「なんと北町奉行小田切《おだぎり》様がおれを呼ばれて、おまえの願いをとくと質されてのことだ」

「まさか、わたしごときの願いに町奉行様が対応なされるなどありましょうか」

「おれはな、吉川町の鉄造親分に伴われて北町奉行所で定町廻《じょうまちまわ》り同心の堀米《ほりごめ》の旦那にこの旨を告げられれば上々吉と思うておった。すると、堀米様の上役の与力《よりき》、さらにはお奉行の内与力に話が上げられてな、ついにお奉行様の御用部屋に呼ばれたのよ」

「驚きました」

「おお、船宿の主がお奉行様にお目にかかるなど、夢にも考えなかったわ」

「親方、お奉行様がわたしの願いを聞き届けてくださったのでございますか」

「小田切様は、桜子のことをようお調べでな。三つ四つから父親の猪牙舟に乗り込み、お父つぁんの手伝いをしながら猪牙舟の扱いを身につけたこと、また、その傍《かたわ》ら寺子屋で読み書きを習い、さらには薬研堀の香取流棒術道場で長年修行して、いまや腕利きの門弟であることも聞いておられてな、かようなことは真《まこと》かと念押しされたわ。おれは、むろん真実でございますとお答えした」

「言葉もありません。お奉行様はどうしてわたしごときに眼を留められたのかしら」

「ううん、そこだ。なぜかとあれこれ推量しておるとな、お奉行が、桜子の母親はどうしておると、質されたのよ」

「えっ、おっ母《か》さんのことまでお奉行様はご存じなの。親方はなんと答えられました」

「桜子、わっしの考えゆえ父親や娘の考えとは違うかもしれませんとお断りして、こう述べた」

「……母親が亭主の広吉や幼い桜子のもとから去った曰くは、いくら長年の付き合いのわっしでも夫婦の間のこと、真実が奈辺《なへん》にあるかは存じませぬ。ただ長屋を出たお宗《むね》だけに別れの原因《もと》があったとは思えません。おそらく亭主の広吉にもその一端はあったかと思います。ですが、ふたりの子の桜子にはなんの罪咎《つみとが》もございませぬ。

お奉行様、母親のお宗がいなくなった長屋でわずか三つ四つの娘がめしの仕度やら洗濯やらをこなしながら父親とのふたり暮らしを守ってきたことは長屋の住人も、わっしらもとくと承知でございます」

と申し上げると、うんうん、と首肯《しゅこう》した北町奉行が、

「話を聞くだに桜子は、出来た娘じゃのう」

と感じ入った。

「へえ、わっしも桜子ほどの娘、ほかに知りませんや」

「その後、母親は娘に会《お》うたことはないか」

「へえ、二年も前のこと、京に暮していたお宗が江戸に出てきて、棒術道場の大河内家に、桜子はどんな娘に育っておるか、会ってもよかろうかと相談しましたそうで。大河内家ではご隠居にして棒術道場の当代の立秋老と、その孫にして道場の跡継ぎの小龍太様がお宗から直《じか》に話を聞いて、ただいまの桜子なら実母に会っても大丈夫と考え、母親と娘の十数年ぶりの再会が、いえ、幼い桜子の記憶が曖昧《あいまい》なだけにほとんど初めての対面が大河内家の離れ屋で叶《かな》いましたので」

と知りうる限りの話をした。

「そうか、桜子は実母との面談を果たしたか」

「母親のお宗と娘がどのような話をなしたか、大河内家でも詳しいことは知りますまい。お宗さんは、京にて菓子舗の女職人になると娘の桜子に言い残して江戸を離れたそうにございます。お奉行様、わっしの知ることはこれくらいにございます」

と申し上げると、小田切が猪之助の顔を見詰め、話柄を転じた。

「そのほうの船宿さがみは江戸の船宿のなかでも老舗と聞くがさようか」

「へえ、川漁師をしていた六代前の先祖が船宿を始めたと聞いております。ゆえにそれなりに古い商いかと存じます」

「むろん女船頭はおるまいな」

「わっしが知るかぎり猪牙舟や屋根船や乗合船を含めて、女船頭は聞いたことがございませんや」

「猪之助、桜子は女船頭の嚆矢《こうし》として務めが果たせると思うか」

「お奉行様、桜子は船頭の業前《わざまえ》も客の応対も、そして、昨今流行りの猪牙強盗の対応も立派に為し得ましょう。うちの船頭として恥ずかしくねえ仕事をしてくれると思います」

猪之助親方の言葉に小田切北町奉行が大きく首肯した。

親方は話が終わったと考えた。

「お奉行様、ひとつだけお尋ねしてもようございますか」

「桜子に関わる話だな、ならば許す」

「お奉行様は、なぜ桜子が女船頭になることにそれほどのお心を向けられますので」

「うむ、その一件か。このこと世間には知られておらぬ。ゆえにそのほうも奉行の考えを他人に決して告げてはならぬ」

「へえ、畏《かしこ》まりました」

「それがしが北町奉行に就《つ》いたばかりのころ起こったことじゃ。とある夫婦が外《そと》出《で》の途中で急に女房が産気づき、亭主が慌てて女房を通りかかった猪牙舟に乗せて家までと頼み、自分は知り合いの産婆を呼びに走ったと思え。ところが途中で破水が起こったとか、妊婦は男の船頭の眼があると最後の最後まで我慢したそうな。その結果、赤子は死産、女房も苦しみ抜いて亡くなったのだ。

　女房が最後に亭主に『船頭さんが女ならば』と言い残したそうな。むろんその猪牙舟の船頭にはなんの罪咎もない。だが、妊婦を乗せた際、もし女船頭だったならば、母子ともに身罷ることは防げたかもしれぬと、それがし、ずっと愚考致してきた」

「お奉行様、わっしは船宿を長年続けてまいりましたが、さようなことは指先ほども考えたことはございませんでした。わっしらにその手伝いをさせてくださいまし」

「桜子、お奉行様はかような話をなされてな、おまえさんが女船頭の先駆けになることをお許しになったのだ」

と言い添えた。

「親方、お奉行様とはさようなことまでお考えになるお方でございますか」

「おまえの来し方をお調べになり、おれに念押しされたのは、桜子に女船頭としてなんとしても独り立ちしてほしいとお考えになったからだ」

「まさかかようなお話になるとは考えもしませんでした」

猪之助親方から北町奉行小田切直年《なおとし》の意外な話を聞かされた桜子は茫然自失《ぼうぜんじしつ》していた。

「桜子、ただ親父さんの跡継ぎに猪牙舟の船頭になりたいというおまえさんの求めだけで女船頭が誕生するのではないぞ。妊婦と赤子が身罷った一件を桜子だけには告げてよいとのお許しを得た。おまえさんが考える以上の思いが託されているのだ。

桜子、おまえが娘船頭になって精一杯働き、世間を少しでも明るくしてほしいとお奉行様は望んでおられる。うちの男衆を見ても分かる。男の船頭どもは稼ぎのことしか念頭にあるまい。おまえはお奉行様のお心に適《かな》う娘船頭になるのだ。どうだ、できるか」

「お奉行小田切様の願いと親方の望み、なんとしても桜子、全《まっと》うしとうございます」

桜子は即答した。

「うむ、頼む」

「いつから船頭稼業をなしてよいのですか」

「この小田切お奉行直筆の木札を艫に付けたのちは、船宿さがみに娘船頭桜子の誕生よ」

猪之助親方が懐から木札を出して桜子に見せた。そこには、

「江戸下柳原同朋町
船宿さがみ家作《かさく》住人桜子

女船頭の職を許すもの也
北町奉行小田切土佐守《とさのかみ》直年」

とあった。

「驚きました」

としか桜子は答えようがない。

「桜子、もはや、おまえは娘船頭桜子だ。最初の客人も待っておられるわ」

「はあっ、お客様がおられるので」

「別棟にな、おまえの仕事着を小春が用意して待っている。まずは着かえてこい」

猪之助親方に命じられて別棟に入った。

小春が前々からこの日のために工夫し、室町《むろまち》の呉服屋に誂《あつら》えさせていたという仕事着は、淡い紅色の絹地の小袖《こそで》と筒袴《つつばかま》だった。その背中には富士塚のさがみ富士の優美な稜線《りょうせん》に神木三本桜の白い花びらが清楚《せいそ》に描かれていた。さらに、上に羽織る半被《はっぴ》の背にも同じ柄が描かれ、その襟元《えりもと》には、

「船宿さがみ」

「娘船頭桜子」

とあった。

「長身の桜子には仕事着も粋に映るわ。どう、着心地は」

「ぴたりと決まっています。でもおかみさん、かように立派な仕事着を着ている船頭さんなんてどこにもおりません。わたしには贅沢すぎます、勿体《もったい》ないです」

との桜子の言葉を聞いた小春が、

「いい、桜子、あなたは船宿さがみの初めての娘船頭なのよ。いいえ、もっと正しく言うならば、江戸で最初の娘船頭さんなのよ。仕事となれば、大変な日々が待っているわ。女船頭なんて色気で売るのかといった男衆の船頭の嫉妬の眼差《まなざ》しもあるかもしれない。だけど、桜子、あなたなら必ずや娘船頭を女衆の人気商売にしてくれるわ。この江戸で大勢の女船頭が働くようになって景気を蘇《よみがえ》らしてほしいの。亭主から北町奉行小田切様の話を聞かされたわ。お奉行様としては、このところ沈み込んでいる江戸の景気を娘船頭の桜子が変えてくれるという思惑があるんじゃないかしら」

と推量を述べた。

小田切が女船頭を誕生させようとしたのは、妊婦と赤子の死がきっかけと桜子は聞いていた。だが、小春の推量もまた当たっているように思えた。

（女船頭にはそれほど多くの思いや願いが託されているのか）

桜子は新しい仕事着に包まれた五尺六寸の体をまっすぐに伸ばした。

「ともかく、うちから娘船頭の最初の花を売り出すのよ、なんとしても華やいだ風情《ふぜい》がいるわよ。仕事着はね、四季それぞれにいま造らせているわ。楽しみにして」

と桜子は船宿から送り出された。

船着場に泊まった猪牙舟に大きな日傘が設けられて、なんと魚河岸《うおがし》の江《え》ノ浦屋《うらや》の五代目彦左衛門が普段着姿の芸子のお軽《けい》とおきちの三人で、ヤゲンと遊んでいた。

「これ、ヤゲン、猪牙の艫に控えていなされ」

と厳しい声で命じた桜子が、

「江ノ浦屋の大旦那様、舟をお間違いでございますよ。屋根船にお移りくださいまし」

と願った。

「わたしたちは大旦那様に招かれたの。桜子ちゃんもお招きに与《あずか》ったの」

と吉香《きちか》が問うた。

「吉香さん、軽古《けいこ》さん、わたしは船頭でございます。猪牙舟には別のお客様が乗られるはずです。江ノ浦屋の大旦那様を案内《あない》して屋根船にお移りくださいな」

「桜子、猪牙の客はこの私ですよ」

と彦左衛門が答えた。

「えっ、大旦那様が」

桜子の初めての客は、なんと魚河岸の大旦那、江ノ浦屋彦左衛門だという。

「そなたが娘船頭になると聞いておったでな、なんとしても一番目の客は、この江ノ浦屋彦左衛門と思ったのです。さあて、どこへ行きますかな」

という彦左衛門の言葉に思わず桜子は瞼が潤んだ。

「大旦那様、番犬のヤゲンもいっしょしてようございますので」

「むろんです。そなたら三人娘はこの柳橋のさがみ富士の集いのお仲間だそうですな、ほれ、ヤゲンとやらの犬連れでどこへ行きましょうぞ」

というところに女将の小春が姿を見せた。

「おかみさん、わたしの初めてのお客様は江ノ浦屋の大旦那様だそうですね。魂消ました」

「うちが女船頭を目論《もくろ》んでいるという噂《うわさ》がちらほらと流れるようになったときか

ら大旦那様が、娘船頭桜子の一番手の客は、この彦左衛門と申されて、うちに申し込んでこられたのですよ。屋根船ではございませんと申し上げたのですが、大旦那様は、舟遊びの醍醐味《だいごみ》は猪牙舟です、とおまえの一番舟を固く約定《やくじょう》されたのですよ」

と言った小春が、

「船頭さん、お客人をおもてなしくださいな」

と艫に手をかけた。

「合点承知の助でございます」

と船頭の仕事場、艫に立った桜子が竹棹で軽く船着場を突いて猪牙舟を神田川の流れに乗せた。

舳先《へさき》に立ったヤゲンが嬉《うれ》しそうにわんわんと吠えた。

「これ、ヤゲン、おまえの持ち場は艫下ですよ」

と桜子に言われたヤゲンが桜子の足元に控えた。

棹から櫓に持ち替え、猪牙舟が柳橋を潜るとき、幼いころの声音《こわね》に変えた桜子が、

「お父つぁん、どこへ行くの。むこうじまぁ、それともよしわらぁ」

と叫んだ。すると江ノ浦屋彦左衛門が、

「おうおう、若かりしころを思い出しますな、船頭さんよ」

と応じてその言葉の意味を知らないふたりの芸子は、

「ぽかん」

と桜子と彦左衛門を見た。

「本日、桜子の猪牙舟にお乗り頂きましてありがとうございます。お客人、若き日の思い出に向かって猪牙を進めますよ」

「おう、合点しましたよ」

と彦左衛門が笑みの顔で承知した。

四

桜子は馴染みの三人の客を乗せて大川へと出た。そして、流れに乗せて大川が江戸の内海へと流れ込むあたりまでまず下り、西に霊岸島《れいがんじま》、東に越中島《えっちゅうじま》を望む河口の真ん中で猪牙舟を反転させた。

「お客様、江戸は隅田川《すみだがわ》が内海に流れ込む河口に水の都が普請《ふしん》されたといってようございましょう。わたし、千年の都の京を存じませぬ。とあるお方が、『京には海がないのよ。だけど三方を山で囲まれた平地に鴨川《かもがわ》が流れ、右岸と左岸では町のたたずまいが違うところが江戸と似ている』と教えてくれました。右岸には天子様のおわす禁裏《きんり》が、左岸には祇園《ぎおん》なる花街《かがい》があってふたつの町並みが京の都を造っておるそうです」

と桜子は母親のお宗が話してくれた京の都の様子を告げて、猪牙舟の櫓に力を込めた。

ひょろっぺ桜子の長身がしなると、猪牙舟が江戸の内海をあとに流れを遡り始めた。一見、櫓を握る両手両腕に力がこもっているとは思えない、だが、しなやかに五体が躍動すると、

すいっ

と猪牙舟は流れを切り裂いて早い舟足で遡上していった。

「江戸が京と異なるのは、なにより大川として親しむ隅田川が内海に流れ込むところを見物できるところでございましょう。そして、秩父から始まる隅田川の流れの右岸には将軍様がおわす江戸城御本丸があって、左岸の新町、本所・深川を見下ろしております。

お客様、本日はようも女船頭のわたしめの猪牙舟にお乗りくださいました。物心つかぬ幼いころより、父親が漕ぐ艫下で、さよう、ヤゲンが座すこのあたりからこの江戸の町に親しんで参りました。

いつのころからでしょう、わたしはなんとしても父親と同じような船頭になることを願ってきました。ですが、ご一統様がご存じのとおり、女は船頭になれないという男衆の頑固な考えにわたしの願いは阻《はば》まれて参りました。おそらく船宿の出自である漁師方には女を漁師舟に乗せると魚が取れないという言い伝えがあるからと思われます。

いいえ、ただいまご一統様は新たな世間を見ておられます。女船頭のお客様として大川を遡っておられます。

はい、左手の日本橋川を入ればお客様の江ノ浦屋の大旦那、彦左衛門様が仕切っておられ、一日千両の銭が落ちるといわれる魚河岸があり、その向こうには、霊峰富士を背にした日本橋、江戸城御本丸が、千代田城が見られます。そして、右手には下総《しもうさ》・上総《かずさ》・安房《あわ》へと通じる小名木川《おなぎがわ》が東西を貫く本所・深川の家並みが広がっております。

さて、猪牙舟は、一気に大川を遡り、千住大橋まで向かいます」

との桜子の説明と櫓さばきに身を委《ゆだ》ねた彦左衛門とお軽とおきち三人は、初めて水上から江戸の町並みを見た気分で舟旅を楽しんでいた。

「娘船頭さん、尋ねてもいいかね」

「江ノ浦屋の大旦那様、なんなりとお聞きくださいまし。わたしの知ることならすべてお答え致します」

「そなた、娘船頭の桜子にとって猪牙舟とはなんであろうな」

と彦左衛門が自問するように質した。

しばし桜子が遠い昔を見るような眼差しを見せた。

「江ノ浦屋の大旦那様、物知りの友、その名もおちびのお琴ちゃんから教えられたことがございます。子供は十月十日《とつきとおか》、母親の胎内のゆらりゆらりとした水のなかで育てられるそうでございます。わたしが猪牙を好きなのは、物心ついたかつかぬうちに母親を失って、母親とはどういう人か知らぬからではないでしょうか。わたしにとって猪牙舟は母親の胎内、そして、この揺れは赤児を守る腹のなかの水のゆらりゆらりとした揺れに似ているのではありませんか」

「ああ、桜子ちゃんはおっ母さんの代わりが猪牙舟なの」

とお軽が応じた。

「お軽ちゃん、わたしが言ったこと、分かってくれた」

「ううーん、すべてではないわ。でも、女どうし、なんとなく分かったような気がするの。どう、おきちちゃん」

「桜子ちゃんにとって幼い折りにおっ母さんがいなかったことは、母親のいるわたしたちと大変な違いよね。わたし、桜子ちゃんが娘船頭になったのは当然の道筋のような気がする」

「ありがとう、お軽ちゃん、おきちちゃん」

と礼を述べた桜子が、

「大旦那様、この説明で得心頂けたでしょうか」

「ふっふっふ」

と微笑《ほほえ》んだ彦左衛門が、

「本日は、そなたの幼馴染みのふたりを呼んでよかったわ。魚河岸を見ても女衆がおるところは店の奥向きで、母親や嫁が格別な客をもてなしたり、内所《ないしょ》のやりくりをするくらいのものでしょう。これからは魚河岸ももっと女衆が働いてもいいかもしれませんな」

と言い添えた。

「大旦那様、ありがとうございます」

問答の間にも猪牙舟は進み、いつの間にか山谷堀《さんやぼり》との合流部今戸橋に差し掛かっていた。すると、昼見世《ひるみせ》の客を送っていったか、なんと広吉の猪牙舟が姿を見せたではないか。

「おい、桜子、まさかお客人を乗せているのではあるまいな」

と不安を滲《にじ》ませた声で問うてきた。

「はい。いかにもお客様お三方にお乗り頂いておりますよ。それも長柄傘《ながえがさ》の下のお客様は、魚河岸の大旦那、五代目江ノ浦屋彦左衛門様ですよ」

「な、なんと、おめえのような素人《しろうと》娘が乗せては江ノ浦屋の大旦那に迷惑がかかっちまう。よし、江ノ浦屋の大旦那様をおれの猪牙にお移ししな」

と狼狽《ろうばい》の声で言い放った。

「広吉のお父つぁん、私はね、馴染みのおまえさんには悪いが娘の桜子の猪牙のほうが乗り心地がよくてね。こちらでいい」

「そ、それはいけませんや、そいつはまだ船頭を許されてねえんで。なんぞあってもいけねえや」

と自分の猪牙舟を桜子のほうへと寄せてきた。

「お父つぁん、朝から船宿には戻っていないようね」

「おお、今日は馴染み客から注文が立て続けにあってな、さがみに戻る暇はねえんだ」

「ならば、わたしの猪牙の艫にお父つぁんの猪牙を寄せて」

「いや、猪牙を横付けする。まずは江ノ浦屋の大旦那様をおれの舟にお移ししてからだ」

「大旦那様は、お父つぁんをお断りなさったわ。こちらが先よ」

と桜子が父親の猪牙舟に自分の舟の船尾を寄せた。

「なんだ、なんの用事だ」

「この木の鑑札《かんさつ》が見える」

「なんだと、船宿じゃねえや、いちいち猪牙舟に鑑札などあるか」

「この木札の文句が読めるかと言っているのよ」

「おりゃ、文字が読めるならば船頭になってねえ。おめえもとくと承知だろうが」

「はい、承知です。いい、木札の文言はこうよ。

『江戸下柳原同朋町

船宿さがみ家作住人桜子
女船頭の職を許すもの也
北町奉行小田切土佐守直年』

どう、お父つぁん、分かったの」

桜子の言葉を広吉はぽかんとして聞いた。

「だれがこんな木札を拵《こしら》えやがった」

「北町奉行の小田切様の名を騙《かた》る不届き者がいると思って。さがみに戻れば親方がお奉行様から直に頂戴《ちょうだい》した経緯《いきさつ》を聞かせてもらえるわよ」

しばらく無言でいた広吉が、

「船頭に鑑札を出すなんて、それもお奉行様だとよ」

と漏らした。

「親父さん、得心したかね」

「江ノ浦屋の大旦那、こんな話ありますかね」

「鑑札を直に頂戴してきた船宿の親方に聞くんですね。私どもは舟遊びを続けますぞ」

と言った彦左衛門が桜子に合図した。

広吉の猪牙舟と別れた桜子の年季の入った猪牙舟は悠々と千住大橋を潜ったあと、こんどは下流に向けて舳先を転じた。そして山谷堀との合流部の竹屋《たけや》ノ渡しを見ながら六丁ばかり下って源森川《げんもりがわ》へと入った。するとお軽が、

「最前から妙な舟が従ってくると思わない、桜子ちゃん」

と尋ねた。

「いまごろ気付いたの。お父つぁんと別れた辺りからわたしたちの猪牙舟を追ってきたわね」

後ろを振り返りもせずに桜子が答えた。

「どういうこと」

「ほら、この長柄傘、よく吉原の花魁《おいらん》に差しかける傘でしょ。傘の下には分限者《ぶげんしゃ》に相違ない大旦那様と美しい芸子のお軽ちゃんとおきちちゃんのふたりが乗っているわ。きっとふたりに眼をつけたのね」

「眼をつけたってどういうこと。わたしたち、今日は普段着よ」

「それでも美しいと狙いをつけたのね。ふたりを攫《さら》って深川の岡場所あたりに売り払おうというんじゃない」

「違うわよ」

と言い出したのはおきちだ。

「この猪牙の船頭さんが娘船頭と見た悪ガキどもが桜子ちゃんに狙いをつけたのよ。だって読売で絵姿まで披露《ひろう》したひょろっぺ桜は、いまや江戸一の人気者だし、それに背丈を省けば絶世の美形よ」

とおきちが言い放った。

「ありがとう、物干し棹のわたしを無理に褒《ほ》めてくれて。でも、やっぱり長柄傘の下の美形ふたりが狙いだと思うな」

「どうするの、桜子ちゃん。相手は船頭入れて五人もいるわよ」

「うちは四人と一匹か、おっつかっつね」

「おっつかっつだなんて、大旦那様もわたしたちもなんの役にも立たないわよ」

「あら、大変」

「桜子ちゃんったら暢気《のんき》すぎない」

とおきちが焦った。

源森川を六、七丁も東に向かうと南に向かう横川にぶつかる。この界隈は、小《こ》梅瓦町《うめかわらちょう》や須崎村《すさきむら》や小梅村が入り組んでおり、やがて横川の北端に架かる業平橋《なりひらばし》が見えてくる。

辺りに人影がないとみたか、下手《へた》な漕ぎ手の猪牙舟が強引に迫ってきて、桜子が櫓から棹に替えた舟に、ゴツンと音を立ててぶつけてきた。

　ヤゲンがわんわんと吠えた。

「この猪牙、犬まで乗ってやがる」

「おまえさんたち、どこで猪牙舟を盗んできたんだい」

と平然とした声音で桜子が糺《ただ》した。

「おい、声を聞いたか。こいつ、やっぱり女だぜ。ひょろりとしてやがるが、女の船頭なんていているのか」

　と舳先で竹棹を構えた悪ガキが仲間に言った。

「だからよ、平次《へいじ》兄《あに》い、いっただろ、娘だって。竹棹みたいな女船頭はいいや、客の娘ふたりと爺の客の懐中物をかっさらっていくぜ」

「おおっ」

　とふたりの問答に残りの仲間たちが応じて木刀やら長脇差、お軽とおきちを縛る縄まで手にした。

「おまえさんたち、どこの抜け作だい。この猪牙舟の尻っぺたに鑑札がついているのが見えないか」

と桜子が応じた。

「鑑札ってなんだ」

と竹棹を構えた平次が思わず桜子に問うた。

「抜け作の平次は字も読めないのかえ」

「くそっ、この娘、おれを馬鹿にしくさってねえか。こいつをまず堀に突き落としてよ、猪牙ごともらっていこうか」

と竹棹を突き出そうとした。

「平次とやら、うちの猪牙はそんじょそこらの猪牙舟と違うんだよ。天下の北町奉行小田切土佐守直年様の鑑札を掲げた舟なんだよ。この舟に少しでも悪《わる》さしてみな。北町奉行所の与力同心がおめえらをとっ捕まえて、小伝馬町《こでんまちょう》の牢屋敷《ろうやしき》にぶちこむよ」

桜子の弾んだ口調の啖呵《たんか》が飛んだ。

「ああ、思い出した。こいつさ、読売を騒がせた桜なんとかいう娘じゃないか」

と仲間のひとりが言い出した。

「かまうこたあねえ、物干し棹の娘船頭を堀に叩き込むぞ」

平次が手にしていた竹棹を桜子に向かって突き出した。

だが、香取流棒術に加えて猪牙舟の棹の扱いを心得た桜子が一瞬早く相手の猪牙の舳先へ竹棹を突き出して、平次の足元の船べりを、こつん、と突くと、

「ああー」

と叫んだ平次がよろけて、横川と源森川の合流部の堀にどぼんと音を立てて落ちた。

「やりやがったな、兄いの仇《かたき》だ」

と仲間が猪牙舟に一斉《いっせい》に立ち上がったところに桜子の棹が繰り出されて次々に平次が浮かぶ堀へと落ちていった。

「ふあっ、桜子ちゃん、すごいっ」

とおきちが柳橋界隈の子供の口調で漏らし、一瞬の棹遣いを見ていた江ノ浦屋の大旦那彦左衛門が、

「ふぁっはっはは」

と大声で笑い出し、ヤゲンも呼応して嬉しそうに吠えた。

桜子の棹が櫓に替えられて長柄傘で陽射しを避けた猪牙舟は業平橋を潜って横川へと入っていった。

「さあて、どこぞで甘い物でも食べましょうかな。娘船頭さん、この界隈に甘味

屋はございませんかな」

「江ノ浦屋の大旦那様、この先の長崎橋《ながさきばし》の西側に新しい甘い物屋ができて人気と聞いております。そちらに猪牙をつけてようございましょうか」

桜子が一転丁寧な言葉遣いに替えて応じた。

「江戸一の人気者にお任せしましょうかな。ただし、甘味屋には娘船頭さんもいっしょに行くのですよ」

と初めての客が娘船頭の桜子を誘った。

夏の陽射しが少し西に傾いた横川を桜子の猪牙舟は、何事もなかったようにゆっくりと進んでいく。

第二章　お披露目

一

翌朝、桜子は六つ（午前六時）に起きて、父親と自分の朝餉《あさげ》の仕度をした。夜のうちに準備はしてあるのでさほどの時はかからなかった。薬研堀の棒術道場に朝稽古に行く折りは七つ半（午前五時）には起きていたが、船頭仕事に慣れるまで棒術の稽古はしばらく休むつもりだと、ゆうベヤゲンを送り届けた折り、小龍太には告げてあった。小龍太は、

「桜子の念願の船頭職の始まりだ。当然そちらに専念するがいい」

と理解を示した。そして、

「だがな、猪牙舟にもつねに六尺棒を携えて客を待つ折りなどに独り稽古をせよ。

舟の上ならば遠慮なく棒を振り回せよう」

と助言してくれた。桜子も棒術修行は生涯稽古と考えているので、

「そう致します」

と答えていた。

「どのような仕事でも慣れるまでは大変だ。幼きころから猪牙と親しんできた桜子だ。さようなことはとくと承知と思うが、これが生業《なりわい》となると思わぬことも出《しゅっ》来《たい》しよう。だが、そなたならばどんな難儀も恐れることはないからな」

と小龍太は励ましてくれた。

朝餉を終えた桜子は手早く後片付けをして父親といっしょにさくら長屋を出た。

「お父つぁん、少しだけ待って」

と許しを乞うた桜子は神木三本桜に歩み寄ると柏手《かしわで》を打ち、額を幹につけて、

(皆様のご厚意に応《こた》えられるよう、桜子が一人前《いちにんまえ》の女船頭に育ちますよう、お力をお貸しください)

と祈願した。

「お父つぁん、待たせたわね」

と振り返ると広吉も桜子の背後で拝礼していた。そして、さくら長屋の女衆が

顔を揃《そろ》えて、

「いよいよ船頭稼業の始まりだってね、頑張るんだよ」

とか、

「桜ちゃんなら必ずや立派な女船頭になるよ。いいかい、猪牙強盗《ぶったくり》にだけは気をつけな」

と言って送り出してくれた。

親子は長屋の衆に頭を下げて、

「なんとしても一人前の女船頭になります。これまでどおりご助勢ください」

と願った。

広吉はさくら長屋から柳橋の船宿さがみに向かう間、

「桜子、だれもが励まし、助けてくれるおめえは幸せ者だ。だがな、本業となれば父親のおれも競争相手ということを忘れるな。船頭仲間も客も千差万別よ。昨日の江ノ浦屋の大旦那様のようなお客ばかりじゃあないからな」

「お父つぁん、重々分かっています」

と桜子は答えた。

前日のことだ。お軽とおきちを柳橋に下ろし、最後に魚河岸まで江ノ浦屋彦左衛門を送ったとき、彦左衛門が、

「ちょっとお待ちなさい」

と桜子を引き留めてお店に戻ると木綿《もめん》問屋四《よ》ツ木屋《ぎや》の紋入りの風呂敷包みを両手に抱えて戻ってきた。

「これは、娘船頭の仕事着です。さがみの女将が本日の晴れ着は拵えてくれたね。だが、やはり仕事着には木綿がよかろうと思いましてな、夏物、合い物、冬物と三組誂えさせておいたのです」

「大旦那様」

と声にしたがそのあと言葉が出なかった。しばし間を置いた桜子は、

「わたし、どのようなお返しをすればいいか、思いつきません」

「桜子、お返しなんぞ要《い》りませんよ。そなたはな、私の放蕩《ほうとう》の最後を知る娘よ。幼子だったその娘が念願の船頭になったんです。

私にも桜子が女船頭の嚆矢になる手伝いをさせてくださいな。世間では、女船頭がどうしただこうしただと、抜かす輩《やから》が大勢おりましょう、だが、桜子には北町奉行小田切直年様がついていなさる。私には仕事着くらいしか誂えられません

がね」

「江ノ浦屋の大旦那様、桜子は幸せ者です。北町のお奉行様の鑑札をつけ、江ノ浦屋の大旦那様のお誂えを着て櫓を漕ぐ船頭なんて、見たことも聞いたこともございません。必ずやお二方のご厚意を無にすることなく船頭仕事を務めあげます」

桜子の言葉に彦左衛門はうんうんと首肯した。

魚河岸から柳橋の船宿さがみに戻った桜子は、女将の小春に会い、風呂敷包みの中身を告げた。

「えっ、私たち、江ノ浦屋の大旦那様のお気持ちも知らずに余計なことをしたかしら」

と悔いの言葉を漏らした。

「余計なことって、おかみさん、どのようなことでしょう」

「今日、桜子が着た娘船頭の衣装を誂えたことよ。江ノ浦屋の大旦那様は、娘船頭だろうがなんだろうがちゃらちゃらした衣装を着て仕事をしてはいけないと考えられて、わざわざ木綿地の仕事着を大伝馬町《おおでんまちょう》の木綿問屋四ツ木屋で誂えてくださったんじゃないかね」

という言葉を隣の帳場座敷で聞いていた猪之助親方が、

「それは考えすぎじゃないか。親父の広吉も、娘船頭の桜子も二代にわたって、船宿さがみの奉公人だぜ。そんな二代目が江戸開闢《かいびやく》以来、初めての女船頭になるんだ。うちが桜子の晴れ着をつくるのは当たり前のことだろ。

そんな桜子の望みを前々から聞かされていた江ノ浦屋の大旦那が、よし、さがみが晴れ着をつくるのなら、おれは普段着の三組を、と考えられたのは、彦左衛門様らしい心意気よ。なんにせよ、初仕事にお奉行様や江ノ浦屋の大旦那の親身な心遣いを授けられた船頭などひとりとしていなかろうぜ」

と言い切った。

「そうだね、私たち、桜子の仕事着で張り合うこともないわね」

と自らを得心させるように言った小春が、

「どうだろうね、江ノ浦屋の大旦那様の心意気のお誂え、この場で見せてくれないかね」

と言い出し、木綿問屋四ツ木屋の紋入りの風呂敷包みを帳場座敷で開くことになった。

夏物、合い物、冬物の三組は船頭の上下ばかりではなく、半纏《はんてん》、襦袢《じゆばん》、手甲《てつこう》、

脚絆《きゃはん》に足袋《たび》、草履《ぞうり》、晒《さら》し木綿まで見事な揃いになっていた。そして、半纏の右の襟には、

「柳橋船宿さがみ」

と刺繍《ししゅう》がしてあり、左の襟には、

「初代女船頭桜子」

とあった。

半纏の背には三本桜が描かれていた。すべてが単色で渋い仕立てだった。だが、半纏の裏地は一転して桜吹雪《さくらふぶき》のなかにでーんと大鯛が色鮮やかに刺繍されていた。

贈り主の名はなかったが、見る人が見れば、

「江ノ浦屋五代目彦左衛門」

と分かった。天下の魚河岸のなかで節句ごとに江戸城に鯛を納める魚河岸の主は、江ノ浦屋しかいなかったからだ。

　小春は、

「まあ」

　といったきり絶句した。

桜子も呆然《ぼうぜん》として言葉もなかった。

「おまえさん、江ノ浦屋の大旦那の心遣いに頭が下がりますよ」

「こりゃ、幾月も前に大伝馬町の四ツ木屋に頼みなさったな。こんなことが出来るのは江戸広しといえども江ノ浦屋の大旦那しかおられまい」

と嘆息した猪之助が、

「桜子、おまえの背に江ノ浦屋の大旦那の心遣いまで重く載っかったみてえだな」

「親方、わたしがご一統様にお返しできるのは、立派に娘船頭の務めを果たすことしかございません」

「おお、よう言うた。いかにもそうだ」

と親方が険しい顔で応じたものだ。

「桜子、この衣装、さくら長屋に持ち帰ってお父つぁんに見せるかえ」

と小春が桜子に問うた。

「おかみさん、本日はたっぷり汗を掻きました。明朝、湯屋に行って身を清めてきます。そのあと、おかみさん、このお誂えに着替えてもいいですか。その折り、お父つぁんには大旦那様の心尽くしの贈り物を見てもらいます」

「ならば朝風呂を立てておきます、そのあとうちで着替えましょう」

「おかみさん、お願い申します。江ノ浦屋の大旦那様のご厚意、きちんと受け止めて着させて頂きます」

と頭を下げた桜子に小春が頷いた。

そんなわけで今朝の桜子と広吉はふだんより早く船宿さがみに着き、桜子は沸かされていた風呂に入り、身を清めて小春に迎えられ、女衆ふたりで夏物の仕事着に着替えることになった。その折り、

「おかみさん、この晒し木綿はなにに使うものでしょう」

と桜子が尋ねた。

「そうですか、桜子は晒し木綿の使い方を知らなかったかえ。女衆が子を孕《はら》むと、安産を祈願して戌《いぬ》の日から晒し木綿を腹に巻くのさ。そうすると、腹も子もしっかりと守ってくれるからね。船頭だって舟の上で一日中体を動かすだろ。仕事着から乳房がこぼれないようにきりりと胸に晒し木綿を巻くのさ。どおれ、最初は私が桜子の胸に巻いてやろう」

と湯上がりの裸身に浴衣《ゆかた》をひっかけていた桜子の上半身をさらした小春が、

「おや、桜子の乳房はこんもりとしてきれいな形だね」

「えっ、わたし、この小さなお乳を恥ずかしく思っています。背丈のほうにとられて小さくなったとばかり」

「思っていたのかねえ。こんな形のいい乳房を持った娘はそんじょそこらにいないよ」

と元芸者として艶事《つやごと》にも通じた小春が言った。

「そうかな、わたし、ちびっぺのお琴ちゃんと湯屋でいっしょになるとき、お琴ちゃんの立派なお乳に圧倒されて、出来るだけ見せないように手で隠していたんです」

「桜子、おまえさんは物心つくかつかないうちにおっ母さんがいなくなったものね。こんなことを教えてくれる人がいなかったんだね。いいおっぱいですよ」

と小春が褒めてくれた。

父親の広吉は猪之助親方とさがみの船着場に立ち、二艘の猪牙舟を眺めていた。

桜子の猪牙舟には大河内道場からわざわざ小龍太が届けてくれた飼い犬ヤゲンが神妙な顔で艫下に鎮座していた。

「親方、ちょいと相談だがね」

「なんだい。猪牙強盗《ぶったくり》が気になったか。昨日も品川《しながわ》のほうで船頭が胸を匕首《あいくち》で刺

され て命を奪われ、売上げの銭を盗られたそうだからね」

この一件は吉川町の鉄造親分から知らされていた。

「今さら猪牙強盗がどうのこうのと娘に言ったところで、あいつは聞きませんや。妙に頑固なところはお宗に似てやがる。それに用心棒の犬まで乗ってやがる」

と言った広吉が、

「最初から桜子をおっ放すのもいいが、この二、三日はわっしの猪牙のあとをついて回らせたいと思ったんですがね」

「そうか、おまえさんが長年かかって馴染みになった旅籠《はたご》を筆頭に船宿や煮売り酒屋や番屋なんぞを教えて、口利《くちき》きをしようということか」

「へえ、いけませんかね。この数日、わっしら親子の稼ぎはふいになるかもしれませんが、娘の顔つなぎをしてやりたいんでございますよ」

「おお、そりゃ、いい考えだ。幼いころから猪牙舟の父親の足元に乗っていたあの娘が女船頭になりましたと、改めて挨拶させて回るのは父親のおまえさんじゃないとできねえや。桜子にとってこれほど心強いこともあるまい」

と親方が許してくれた。

そこへ小春に連れられた桜子が姿を見せた。

昨日の娘船頭の衣装とは異なり、きりりとした形《なり》に仕上がり、頭は黒髪だけで小さく結い上げられ、額には白鉢巻が締められていた。

「おお、あだな娘船頭が出来上がったな。江ノ浦屋の大旦那は桜子のことをよくご存じだ。ひょろっぺ桜に木綿地の仕事着がよく似合ってるぜ」

と親方が褒めてくれた。

「すぐにお客さんの指名がかかるわね」

と女将が言うところに親方が、

「ちょいとな、親父さんから娘船頭を始めるにあたって注文がついたのよ」

と前置きして広吉が言い出した話をふたりに告げた。

「あら、それはいいわ。だってこれから何年もかかって江戸じゅうに知り合いをつくるより、広吉さんの縁のある知り合いを親子で回り、今後ともわっし同様に娘船頭をよろしくと挨拶するのが道理だし、それが親の大事な務めですよ」

と小春がすぐに賛意を示した。

無言の桜子は広吉を見た。

「どうしたえ、おれの口利きで知り合いに挨拶して回るのは嫌か」

「だってお父つぁんはわたしが船頭になればもはや競争相手、甘えた考えなんぞ持つなと言わなかった」

「おお、親父さんはそんなことを言いやがったか。そりゃ、そいつは建前《たてまえ》よ。本心はな、長年かかって築いてきた得意先を娘に教えようと最初から狙っていたに違いないさ。

どうだ、桜子、親父の親切は素直に受けるもんだぜ。なぜなら、船頭頭の広吉が紹介して回るお馴染みさんはよ、おまえが幼いころから猪牙に乗って顔出ししたところばかりだ。そんな娘はおめえしかいねえや」

「そうだよね、お父つぁんの跡継ぎとして娘船頭で頑張ります、よろしく助勢くださいましと挨拶できるのは桜子、おまえさんしかいませんよ。馴染みの方々はきっと喜びますよ」

と船宿さがみの親方と女将が揃って広吉の提案に賛意を示した。

大きく頷いた桜子が、

「お父つぁん、よろしくお願い申します」

と頭を下げた。

「よし、ならば新旧二艘の猪牙舟を送り出すぜ」

と親方のひと声に柳橋界隈の船宿の親方やおかみさん、船頭衆まで姿を見せて、

「よう、桜子、しっかりした娘船頭になるんだぜ」

とか、

「おれたちも娘船頭に負けねえように稼ぎにいそしむぜ」

などと勝手なことを叫んで声援してくれた。

「桜子、おれの猪牙に従いねえ」

「あいよ、お父つぁん」

と声をかけ合った親子が棹の先で船着場を突いて、女将の小春が、

「稼いでおいでな」

と粋に送り出してくれた。

桜子が広吉の猪牙舟の後ろに従おうとしたとき、柳橋の欄干《らんかん》にお琴や芸子の軽古や吉香や小龍太までが姿を見せて、

「桜子、しっかりと頑張ってね」

「娘船頭、この大河内小龍太が見ているぞ」

「わたしたちも桜子に負けないようにお座敷で頑張るからね」

と叫びながらいつ用意したのか色とりどりの花吹雪を二艘の猪牙舟に散らしてくれた。

「ご一統様、ありがとう。娘船頭桜子、頑張ります」

と頭を下げた娘船頭の新品の船頭衣装に舞い落ちてきた花吹雪が降りかかった。

するとヤゲンが飼い主の小龍太を見てワンワンと吠えた。

「いいか、ヤゲン、桜子をおまえがしっかりと守るんだぞ」

と小龍太が叫び、一段と激しくヤゲンが吠え返した。

そんなふうに賑々《にぎにぎ》しく、二艘の親子舟は大川へと出ていった。

広吉の猪牙舟は迷うことなく大川を下流へと下っていく。桜子はどこへ父親が猪牙舟を向けるか察していた。

あとから従う桜子の舟の艫には提灯を吊るす竹棹の代わりに使い慣れた香取流棒術の六尺棒が立てられ、頂《いただき》には五色の吹き流しが川風に靡《なび》いていた。娘船頭の猪牙舟とひと目で分かるようにと桜子が考えたことだ。

「お父つぁん」

と叫ぶ桜子に、

「どうしたえ」

と答えた広吉が後ろを振り向いた。

「ただお父つぁんと呼んでみたかったの」

広吉がなんと答えていいか分からない顔をしたあと、にたりと笑って前を見た。

二

広吉が桜子の猪牙舟を案内したのは日本橋川左岸の魚河岸だった。当然、大川を河口へと下り始めたとき、桜子は行き先を察知していた。

魚河岸の大旦那、五代目江ノ浦屋彦左衛門が桜子の仕事着、三揃いを誂えて贈ってくれたのだ。その夏物を着た姿を最初に見せるとしたら彦左衛門しかいない。

広々とした魚河岸は江戸の内海を始め、相模灘《さがみなだ》などで獲《と》れた魚を押送船《おしおくりぶね》で運んできた漁師たちや仲買人たちで込み合っていた。そんな魚河岸の船着場に親子の猪牙舟を突っ込ませた。

江ノ浦屋の店は本船町《ほんふなちょう》にあった。

今朝は城中に鯛を納める御用はないらしく、慌ただしく騒がしい魚河岸にあって、江ノ浦屋には静かな時が流れていた。彦左衛門は魚河岸の喧騒《けんそう》を眺めながら煙管《きせる》をふかしている。刻み煙草《たばこ》が燃える香りがして、煙がゆっくりと高い天井に立ち昇っていた。

「大旦那様」

と桜子が声をかけると、

「おお」

と応じて振り返った。

「昨日はありがとうございました。大伝馬町の木綿問屋四ツ木屋で誂えてもらった仕事着でございます」

と桜子が両手を広げて見せた。

「おうおう、ひょろっぺの娘船頭によう似合いますな」

と彦左衛門が満足げに眺めた。

「大旦那が誂えてくださった仕事着を着てようやくこいつの船頭修業が始まります。今後ともよろしくご助勢くだされ」

と広吉もお礼の言葉とともに頭を下げた。

「よし、親父さん、桜子、私に付いてきなさい」

と煙草の灰を床に落として煙管を煙草入れに仕舞うと、親子を従えてまずは隣の魚問屋安房屋《あわや》を訪ね、

「よう、義之助《ぎのすけ》の旦那、船頭広吉の娘が本日から女船頭として仕事をすることに

なりました。まずはお披露目《ひろめ》かたがた、親父同様声をかけてやってくださいな」

と大声で叫ぶと、

「おお、柳橋のひょろっぺ娘か、過日は読売に派手に書き立てられたな。うちで用事があるときは、親父より娘船頭を呼ぶぜ」

「安房屋の旦那様、それは困ります。わたしは船頭の新入りにございます。お父つぁんのいない折りにお仕事をお申しつけくださいい」

「おおお、親父の残り仕事でいいか、親孝行じゃな」

と言った安房屋義之助が、

「買い付けのご一統さんよ、話を聞いたな、柳橋から吉原に遊びに行く折りは、船宿さがみの親子船頭に声をかけてくんな」

と叫ぶと日本橋界隈で料理屋を営む旦那衆や料理人が、

「合点承知だ」

と請け合ってくれた。広吉と桜子親子が深々と頭を下げていると、帳場の奥に姿を消していた安房屋の旦那が、

「ひょろっぺ桜子、おめえが娘船頭の先鞭《せんべん》をつけたんだ。いいか、名を揚げてよ、二番手三番手の女船頭が続くように頑張るんだぜ。魚河岸も加勢するからよ」

と言うと紙包みを、

「親父を幼いうちから支えてきた孝行賃だ」

と桜子の手に押し付けた。

さすがに一日に千両が動くといわれる魚河岸の旦那衆だ。なにがあってもいいようにふだんから祝儀《じゅうぎ》を用意していた。となると、

「おお、おりゃ、包みなんて気の利いたものは持ってねえや。むき出しだが、おまえさんへの細《ささ》やかな祝儀だ。受け取ってくんな」

と二朱を渡す者が現れ、これを皮切りに、料理屋の主《あるじ》たちが、

「親父の面倒を最後まで見てくんな」

「頑張りなよ、うちで猪牙を使うときはおめえを呼ぶからよ」

などと言いながら次々に銭を桜子の手に押し付けたり、腰の巾着《きんちゃく》に入れてくれたりした。

どこへいってもこんな光景が繰り返された。魚河岸をひと廻りしただけで、桜子の巾着のなかは祝儀でいっぱいになった。

江ノ浦屋に戻ってきたときには、親子して呆然として言葉をなくしていた。

「いいですか、この界隈の料理茶屋や旅籠にも顔出しをして、初仕事のお披露目

をするんですよ。私もいっしょに行きましょうか」

と言う彦左衛門に、

「大旦那様、これからはわっしら親子だけで挨拶して参ります。五代目が案内されますと相手様も慌てられますでな」

「そうか、ならばそうなさい」

と快く得心してふたりだけで挨拶をなすことを許した。

日本橋の北詰め、魚河岸界隈には名代《なだい》老舗の料理茶屋が堀端に軒を連ね、暖簾《のれん》を下げていた。

「お父つぁん、大変なことになったわね。わたし、一時にこんなにたくさんの心付けやご祝儀を頂戴したことないわ」

「おれもぶっ魂消たぜ。女船頭のお披露目だけで何日どころか幾月もかかりそうだ。どうしたもんかね」

と日本橋を見上げながら言い合った。

「このご時世に娘船頭の誕生だよ。だれもが明るい話を求めていなさるのよ」

と声がして振り向くと、大晦日《おおみそか》の屋形船との騒ぎを二日にわたって読売に取り上げてくれた日本橋南詰めの読売版元「江戸あれこれ」の書き方、小三郎《こさぶろう》が立っていた。

「小三郎さん、見ていたの」

「この界隈はおれの縄張り内だ。娘船頭のお披露目を見逃しはしませんよ。おまえさんはね、このご時世を立て直す力をもっているのさ。だからよ、暮れの屋形船の騒ぎ以来、おまえさんの行いは絶えず気にかけておりましたよ」

「小三郎さんよ、わっしら親子、娘の初仕事の挨拶など三日もあれば事が済むと思っていたがね、これじゃ幾月もかかっちまって、当分本職の船頭稼業に戻れねえ。どうすればいいかね」

「桜子さんには五代目の江ノ浦屋の大旦那がついていなさるのだ。魚河岸の騒ぎは別にして、江戸じゅうを挨拶して回ったら、たしかにいつまでも船頭稼業に戻れないね」

「なにかいい考えはありませんか」

　と桜子が小三郎に質した。

　しばし沈思《ちんし》した小三郎が、

「よし、おまえさん方親子のお披露目は本日で終わりだ。数日後には仕事ができるようにしてやろう。この小三郎に任せてみな、悪いようにはしないからよ」

と言い出した。

親子は、しばし間をおいて、

「うん」

と揃って首肯した。

ふたりが連れていかれたのは日本橋の真ん中だ。大勢の人々が往来する欄干を背にした小三郎が、

「五街道の起点日本橋を往来のご一統に読売版元『江戸あれこれ』の書き方小三郎が申し上げます。この私の隣に控えますふたりは、神田川柳橋の船宿さがみの親子船頭にございます。船頭頭の広吉は、さがみの船頭として長年勤めておりますれば、皆々様にお世話になっておりましょう。

このたび娘の『ひょろっぺ桜』こと桜子が娘船頭として仕事をすることを北町奉行小田切直年様がお許しなされました。さらには魚河岸の老舗江ノ浦屋の五代目彦左衛門の大旦那がかような娘船頭の仕事着を拵えてくれました。

ご覧くだされ、なんとも粋な娘船頭姿ではありませんか。どうか猪牙舟が入用《いりよう》の節は、親父船頭同様に娘船頭の桜子をご贔屓賜《ひいきたまわ》りますよう。読売版元『江戸あれこれ』の書き方小三郎よりお願い奉《たてまつ》ります」

と声を張り上げた。

「おう、おれもひと肌脱ぐぜ。頑張れよ」

とか、

「いま跋扈《ばっこ》してやがる猪牙強盗なんぞに負けちゃならねえぞ。おまえさん得意の棒術でぶったくりなんぞ一発噛《か》ませてやんな」

などと職人衆が応じて、桜子も広吉も、

「よろしく願い申します」

と頭をぺこぺこと下げた。すると大店《おおだな》の旦那らしき御仁が、

「しっかりと仕事に励みなされ」

と桜子の巾着の口を開かせるとなにがしか銭を投げ込んでくれた。すると、同じように銭を渡そうとする人々の行列が桜子の前にできた。

「よし、今度は通《とおり》四丁目の辻《つじ》で挨拶だ」

と小三郎が親子を連れまわし、最後には日本橋南詰めにある読売版元「江戸あれこれ」のお店に連れて行った。

「小三郎さん、あれでお披露目が済んだのですか」

と桜子が、恥ずかしさを堪えて頭を下げ続けることもようやく終わりかと尋ね

た。ふだんの暮らしと違い、気遣いするので疲労困憊《こんぱい》だった。

「いや、これからが本番ですよ」

「えっ、まだどこぞにお披露目ですか」

「おまえさん方親子があちらこちらに挨拶して回るとなればたしかに幾月もかかりましょうな。そこでな、うちの読売『江戸あれこれ』に柳橋のひょろっぺ桜子が娘船頭として売り出す話をな、この小三郎が認《したた》めておまえさん方親子に代わってお披露目しようという魂胆ですよ」

「小三郎さん、おれたち、おめえさんに連れられて日本橋界隈で頭を下げていただけだよ、未だ桜子もなにもしてねえや。これで読売になるのかねえ」

「そこはこの小三郎に任せねえ。まずでえいちに北町奉行様が桜子さんに鑑札を出したよな、それを見越して江ノ浦屋の大旦那が仕事着の揃いを大伝馬町の木綿問屋四ツ木屋で誂えてくれたたな」

「はい、こうして着ております。さらには船宿さがみの親方とおかみさんが格別のお仕着せをこさえてくれましたよ」

「おお、それもあったな」

と応じた小三郎が、

「ひょろっぺ桜子が仕事に就く話だ。あれこれ周りの方々の親切やら気遣いなどはあるがよ、たしかになにかひとつ、読売として買い手の気を引くものが足りないな」

と首を捻った。

「小三郎さんよ、こたびばかりは棒術の六尺棒や竹棹を振り回す話じゃないや。娘船頭のお披露目といってもよ、それだけの話だよな」

「おう、そりゃあいい話じゃねえか、といった小ネタがほしいよな」

と広吉の話に小三郎が答えた。

「だってわたし、まだ船頭の仕事もしてないのよ。買い手の気を引くものってなによ、小三郎さん」

「そいつを思いつくと明日の読売の一番ネタになるんだがな」

「そうするとどうなるの」

と桜子が小三郎に問うた。

「うちの『江戸あれこれ』の一番ネタはおまえさんがだれよりも承知じゃないか。言っちゃ悪いがよ、柳橋界隈で評判のひょろっぺ娘がよ、大晦日の屋形船相手の大立ち回りのあと、江戸じゅうに名が知れたじゃねえか。こたびは、大騒動はないにしても、なんとなくほっとするようないい話があるといいんだがなあ」

桜子は、通町から魚河岸の船着場あたりを眺めやり、魚河岸と日本橋に視線を移した。

「小三郎さん、立ち話ではなんです、わたしの猪牙舟に乗ってくれませんか」

「なにかいい話が思い浮かぶかねえ」

「あの猪牙舟はわたしが三つ四つから乗り込んでお父つぁんの足元で遊び場がわりにしてきたのよ。なにか思いつくとしたら親子二代が使うあの猪牙舟ね」

と応じた桜子が、

「お父つぁんもわたしの猪牙に乗ってくれない」

と願った。

刻限は九つ(午前十二時)の頃合いか、魚河岸には漁師や仲買や料理人たちの姿も最前より減って商いがすでに終わったことを感じさせた。

「小三郎さん、わたし、近ごろ独り言を漏らすようになったの」

はああ、と小三郎がなにを言い出したかという顔をした。それ以上に驚いたのは父親の広吉だ。

「おりゃ、おめえの独り言なんて聞いたことないぞ」

「そうかしら、こんな具合よ」

と桜子が両眼を瞑《つぶ》った。

「わたし、半日で魚河岸の旦那衆からたくさんのご祝儀を頂戴したの」

「そんなことおれだって承知だ、なんといっていいか」

「お父つぁん、独り言には返事をしないで」

と注意した桜子が、

「そうそう、『江戸あれこれ』の書き手の小三郎さんの手助けで日本橋やら川向こうの大店の旦那衆に挨拶まわりをしたわね」

「だから、どうした」

「お父つぁん」

「ああ、こいつは独り言だったな。勝手に独り言だか、寝言を言いやがれ」

と広吉が言い放ち、

「そうだ、小三郎さん、わたし、思いついたのよ。わたしの頂戴したご祝儀がいくらあるか知らないけど、新米船頭のわたしが持っていてはいけない金子なのよ。このお金、北町奉行の小田切様に願って御救小屋《おすくいごや》に渡せないかな。うちはお父つぁんの稼ぎで十分に暮らしていけるのよ」

桜子の独り言が終わった。

小三郎がしばし黙り込んでいたが、

「いいのか、御救小屋に寄進しちまってよ」

「わたし、独り言でそんなこと言ったの。悪い話じゃないわね」

「やったぜ、桜子さんよ。おまえさんの巾着に金子がいくらあるか知らないが、こいつはそれなりの話に化けさせるぜ。いくらあるか、三人で勘定《かんじょう》しないか。どうだ、桜子さんよ」

小三郎の返答に力が入っていた。

桜子は巾着を腰から外し、猪牙舟の胴の間に祝儀をすべて出してみせた。

三人は黙々と銭は銭、二朱は二朱、一分《ぶ》金は一分金と分けていった。なんと五つの紙包みには一両小判まで入っていた。

「こりゃ、大変なご祝儀だぜ。大当たり間違いなしの読売になるぜ」

と呟いた小三郎が、

「一両小判と一分金、二朱金で十三両と銭が百二十三文か」

と言い添えて言葉を失った。

「おい、いいんだな、桜子さん、広吉の親父さんよ。皆々さんから十三両となにがしの銭が集まったぜ。こんなことは生涯に幾たびもあるもんじゃねえ。そいつをあっさりと北町奉行小田切様を通して公儀の御救小屋に寄進していいんだな」

　と念押しした。

「小三郎さん、わたしの生まれて初めての独り言に言い訳なんてしないわよ。それでいいでしょう、お父つぁん」

「ああ、おめえがそう決めたんならそれでいいや。だがよ、小三郎さんよ、読売にするときよ、まだ仕事もしてねえ娘船頭が大勢の旦那衆や通りがかりの旅人さんから頂戴した一両から一文のご祝儀のお礼をよ、おめえの読売にきちんと書いてくんな、頼むぜ」

　と願った。

「合点だ」

　と請け合った小三郎が、

「おい、桜子さんよ、これから三人で二艘の猪牙舟に乗ってお奉行所に駆け込むぜ。明日の読売を楽しみにしてくんな」

　とほくそ笑んだ。桜子は小三郎を猪牙舟に乗せたまま、広吉の舟とともに北町奉行所へと舳先を向けた。

三

翌朝四つ（午前十時）時分のことだ。

読売版元「江戸あれこれ」の書き方小三郎は、日本橋の南詰めの店から助っ人の若い衆ふたりにたっぷりとした枚数の読売を持たせて、自分は木箱と使い慣れた二尺ほどの細竹を手に大勢が往来する橋の真ん中に着くと、欄干ぎわに木箱を置いてその上に立った。

小三郎の背には江戸城と霊峰富士があった。

橋の上を行きかう人々を見廻した小三郎が息を整えて、呼びかけた。

「江戸のまん真ん中、五街道の起点にして江戸っ子の自慢の日本橋に立ちましたは、この橋の南詰めにて長年読売版元『江戸あれこれ』の書き方にして売り方を務めます、不肖小三郎にございます。

御用とお急ぎでないお方は、と言いたいが急用のあるお方もしばし足を止めて、小三郎の口上をお聞きくだされ」

と辻売りで鍛えた名調子で呼びかけた。

すると小三郎の姿を目に留めた南詰め元四日市町《もとよっかいちちょう》の小間物屋の隠居の五郎蔵《ごろぞう》が、

「おい、読売屋の小三郎さんよ、江戸のどこぞで、大騒ぎが起こったかえ、おれは一日じゅう暇でよ、高札場《こうさつば》にとぐろを巻いて聞き耳を立てているが、おれの耳にはそんな騒ぎは入ってきてないがね」

と話しかけた。

「おお、高札場の勝手番人の五郎蔵さんかえ。

本日の読売『江戸あれこれ』の売り物は斬《き》ったはったじゃありませんぜ。日本橋を往来のご一統様の気持ちをほのぼのと和《なご》ませようという話が売りだ」

「なんだえ、わっしらの気持ちを和ませてくれなんて、だれが読売屋に頼んだよ。読売はよ、あだ討ちだ、真剣勝負だなんてよ、威勢のいい話が本筋なんだよ」

と道具箱を肩に担いだ弟子たちを何人か従えた大工の棟梁《とうりょう》稲次郎《いなじろう》が小三郎と隠居の五郎蔵のやり取りに加わった。

「おお、元大工町《もとだいくちょう》の棟梁、よう突っ込んでくれましたね。赤穂浪士《あこうろうし》の討ち入りだ、親父の敵討《かたきう》ちだという騒ぎはいくら江戸とはいえ、滅多にはございませんよ」

と小三郎が応じた。すると顔見知りの稲次郎が、

「そこを見つけてくるのがおめえさん方読売屋の腕だろうが、違うかえ」

と追い打ちをかけた。

「小三郎さんよ、いつぞや神田川柳橋の船宿さがみの屋根船の棹差し、ひょろっぺ娘の勲《いさお》しを読売にして売りなさったね。あの類《たぐい》の話がいいね」

と五郎蔵が言い出した。

「おお、いいね、小間物屋の隠居。ただ高札場でとぐろを巻いているだけじゃないな。そうかえ、ひょろっぺ桜子の話がお好みかえ」

とにやりと笑って小三郎が受けた。

「そういや、おめえさん、昨日だかひょろっぺ娘が娘船頭になるなんてことをこの日本橋の上で喧伝《けんでん》しなかったか」

「しましたよ」

「おや、二番煎じのネタと認めやがったね。そうじゃなくてよ、おりゃ、あの娘が棒術の棒を振り回してよ、猪牙強盗《ぶったくり》相手に暴れる話が読みてえな」

「おれも書きたいや。だがな、隠居、ひょろっぺ桜子だって、そうそう香取流棒術の六尺棒を手に暴れ回ってるわけじゃねえや」

「いやさ、ぶったくりが出没している江戸だぜ。桜子の猪牙にぶったくりが乗り合わせてよ、娘船頭にがつんと棒術でやられるってよ、そんな読み物が載るといいんだがな」

　大工の棟梁の稲次郎が言い、

「となると小三郎さんよ、今日の読売は娘船頭がこの界隈を挨拶して回ったたって話かい」

「おうおう、隠居の五郎蔵さんよ、おまえさんをうちの書き方にしたいくらいだよ。日本橋に雲集《うんしゅう》したご一統のなかには知らない人もいよう。そこでこの小三郎が説明させてもらおうじゃないか。

　なにしろ娘船頭の誕生のために北町奉行の小田切直年様が格別に鑑札をお授けくださったんだ。この江戸に男船頭が何十人何百人いようと、町奉行様直筆の鑑札を猪牙舟の艫につけた者などいませんよ。それにだよ、このひょろっぺ娘船頭の仕事着を大伝馬町の木綿問屋の大店、四ツ木屋で格別に誂えて贈ったのが、ほれ、そこの魚河岸の大旦那、五代目江ノ浦屋彦左衛門さんだ。そして昨日、娘船頭のひょろっぺ桜子と親父の広吉さんが魚河岸を始め、処々方々に、『娘船頭の桜子にございます。よろしくお引き立てのほどを』と挨拶して回りましたな」

「おい、読売屋、こちとら、せっかちが売りの大工だぜ。同じ話を繰り返すなんてなしだぜ」

「へえ、棟梁、なしです。いいですかえ、ご一統」

と日本橋に立錐《りっすい》の余地もなく集う人々を箱の上から見廻した小三郎が、

「北町奉行小田切様に娘船頭の看板を許されたひょろっぺ桜子が、昨日、魚市場を振り出しにこの界隈の大どころの商人衆に挨拶して回りましたな」

「おい、同じ話を幾たび繰り返すんだよ」

「すまねえ、棟梁。ここからが今日の読売の肝《きも》よ」

「ならば喋《しゃべ》りねえな、気に入ったら買ってやろうじゃないか」

「棟梁、この界隈の旦那衆は気前がいいやね。娘船頭の誕生てんで、だれもがご祝儀を娘船頭の桜子に贈ったのでございますよ」

「おうおう、おれもよ、この日本橋で娘船頭の巾着に祝儀をたっぷりと放り込んだぜ。桜子はおれが見上げるほどの背丈だがよ、なんとも美形だよな」

「大八車引《だいはちぐるまひ》きの兄さん、口の端からよだれが垂れておりますよ。ところで、新米の娘船頭にたっぷりといくら渡されましたな」

「そんなこと大勢の前で聞くくねえ。まあ、たった」

「の一文ですかえ」

「当たった。こんなことは銭の高《たか》じゃねえ、気持ちよ」

「兄さん、そう、その気持ちさね」

「ともかくよ、猪牙の船頭を本式に始める前にひと稼ぎしたかえ。やったな、ひょろっぺ桜子め」

「で、大八車引きの兄さん、昨日の祝儀がいくら集まったと思いなさるね」

「読売屋め、おれの一文まで加えていいか」

「へえ、読売版元『江戸あれこれ』はどんな読み物も嘘《うそ》いつわりなく調べておりましてね、おまえさんの一文ももちろん加えておりますよ。さあて、ひょろっぺ桜子の祝儀の総額、いくらと見ましたね。祝儀一文の兄さんよ」

「祝儀一文と繰り返すねえ、二千文、二分も集まったか」

「なかなかだね」

「当たったか」

小三郎が首を大きく横に振り、しばし無言で橋上の群衆を見渡した。

「読売屋め、早く言いねえな」

「一文祝儀の兄さん、半日もしない挨拶まわりの間に、な、なんと十三両と百二十三文だ。そのうちの一文がおまえさんの気持ちを込めた祝儀ですよ」

日本橋のざわめきが急に静かになった。

「お、おれの一文が十三両となにがしかの銭に増えただと、魂消たな。おれの一両、返してくんな」

「兄さんが桜子の巾着に放り込んだのは一文でしょうが」

「魂消た」

と呻《うめ》くように言ったのは小間物屋の隠居五郎蔵だ。

「江戸は景気がいいね」

と公事《くじ》で江戸に出てきた様子の三人連れのうちの年寄りがうらやましそうにぼやいた。そして、

「大金が集まったのならば、娘っこが船頭なんてしなくていいんだがね」

と言い添えた。

「おまえさん、在所はどこだえ」

「わすかね、上州《じょうしゅう》の小さっこい村だ」

「おお、上野国《こうずけのくに》から江戸においでか。おまえさんは知るまいが日本橋川を十丁ばかり下ると江戸っ子が大川と呼ぶ隅田川に合流する。そこから二十丁も上がったところで神田川なる流れとぶつかる。その神田川の河口あたりを柳橋と呼んでな、江戸でも名代の船宿や水茶屋や料理茶屋が軒を並べている花街だあ。この柳橋の

老舗船宿さがみの船頭頭が桜子の親父さんでな、おっ母さんのいねえ桜子は、三つの折りから親父の猪牙舟に乗って、遊び場にしてきた娘なんだよ」

「ほう、おっ母さんは若くしておっ死《ち》んだか」

「ううーん、痛いところを突いてきやがるな、それがな、いや、まあいいや、江戸の人はおよそが承知の話だ。桜子のおっ母さんは親父と桜子を残して長屋を出ていったんだよ」

「ふーん、おっ母《かあ》は男をつくって出ていっただか」

「まあ、そのへんは、いいやな。ともかく、桜子は三つの歳《とし》からめしの仕度やら内所のあれこれをそんじょそこらの女衆にも負けないくらいこなしたうえに江戸じゅうの堀や水路を親父さんが漕ぐ舟で訪ね歩いたのさ。

いいか、上州のお人、こんな桜子はただいま芳紀《ほうき》十七歳の美形よ」

「ほうほう、桜子さんは美人の娘だか。できた娘だな。欠点はなしか」

「欠点な。おまえ様の背丈は、そうだな、四尺四寸ほどかね」

「それがどうしたべ」

「桜子はおまえさんより一尺以上も高《たけ》えな。おれが木箱に乗ってようやく桜子とおっつかっつよ。それが欠点といえば欠点だ」

と小三郎が答えた。すると大工の棟梁稲次郎から、

「小三郎、桜子の身の上話ばかりしてて、読売を売る気があるのかないのか」

と突っ込みが入った。

「おお、すまねえ。つい上州からのお客人の相手になっててよ、話が脇道に入り込んじまった。ご一統さん、どこまでおれ、くっ喋《ちゃべ》ったかね」

「桜子の祝儀が十三両と百二十三文集まったという話まででよ。待て、この額《がく》、いい加減じゃねえのか。それで上州からおん出てきた百姓爺と無駄話なんぞしてねえか」

と言い出したのは大八車引きの兄さんだ。

「こら、おれをだれだと思っているんだ。『江戸あれこれ』の読売ネタで嘘八百はねえ、いや、百にひとつくらい話を大きくする読み物はあるがね。ともかくだ、桜子と親父の広吉さんとおれの三人が、ほれ、あそこの魚河岸の船着場に泊めた猪牙舟の胴の間で勘定したから間違いねえ」

「ならば、娘っこは船頭などしないでな、遊びくらすがよかべえ。いいか、わすらが江戸に出てきた公事は、隣村との五両と二分の揉《も》め事だべ。娘っこは半日でわすらの揉め事の二倍も稼ぎがあったとなれば、船頭なんかよすだね」

「上州の爺様よ、おれが本日、日本橋の上で売らんとしている読売の読ませどころはよ、桜子の心意気なんだよ。いいか、桜子は、魚河岸の旦那衆を始め、たくさんの人々のご厚意の十三両と百二十三文を北町奉行の小田切様に願って御救小屋の費《つい》えにしてくだされと差し出したんだよ」

「馬鹿を抜かすでねえ。十三両もの大金、一生にいっぺんも懐にすることはねえべ。娘っこを引き留めなかっただか」

と上州から出てきた爺様が小三郎に本気で怒鳴った。

「爺様よ、おめえさんの言いたいことはこの小三郎も分からないじゃねえ。だがな、桜子がえらいのは、どんな境涯《きようがい》にあってもよ、自分の働きでよ、尽くそうとすることだ。この心意気に江戸っ子は、惚《ほ》れるんだよ。ひょろっぺ桜子の心意気が認《したた》めてある読売だ。買ってくれとは頼まねえ、桜子の意気に感じた人は五文払ってくんな」

と小三郎が言い切った。

「よし、買った。おれに十枚くんな」

との元大工町の大工の棟梁の声を皮切りに日本橋に集まった大勢の人々が、小三郎を含めて三人の売り方から「江戸あれこれ」を買い求めた。

あっ、という間に読売は売り切れた。

その場に呆然として残ったのは公事の用で出てきた上州の爺様と仲間ふたりだけだ。

「おめえさんら、買えなかったかえ」

「江戸では御救小屋に銭を渡す話が売り物になるだか」

「おお、おれの書いた読売が一枚五文で売れたんじゃねえ、桜子の心意気をこの場にいた江戸の衆が買ってくれたんだよ」

と言った小三郎が、

「うちの版元はすぐそこだ。おまえさん方に江戸土産《みやげ》だ、一枚ずつくれてやろう。付いてきな」

と三人を店に連れて行った。

この日、読売版元は、「江戸あれこれ」を幾たびも刷りまして、そのすべてを売り尽くした。

昼の刻限、魚河岸の江ノ浦屋に安房屋を始め旦那衆が手に手に「江戸あれこれ」を持って集まってきた。

「江ノ浦屋さんよ、わっしらの名まで小三郎のやつ載せやがったぜ」

と安房屋義之助が言った。

「柳橋のひょろっぺ娘がご祝儀のすべてを御救小屋に寄付するなんて考えもしませんでしたよ。まさか、江ノ浦屋さんの入れ知恵ではあるまいね」

と昨日、二分の祝儀を出した魚河岸の旦那のひとりが最前からひと言も発しない彦左衛門に質した。

「伊勢魚《いせうお》さん、私が桜子に贈ったのは娘船頭の仕事着だけですよ。桜子に皆さんが贈った祝儀を御救小屋に渡しなさいなんぞ言えるわけもございませんよ」

と彦左衛門が言い切った。

「江ノ浦屋さん、それにしてもご祝儀が十三両も集まるとは考えもしませんでしたよ。しかもあのひょろっぺ娘は、十三両のうちの一文だって自分の懐に入れませんでしたな。だが、このことで逆に大きな得をしましたよ。あの娘、明日からの猪牙舟の客には不じゆうしませんせん」

と安房屋義之助が応じた。

「私どもは偶《たま》さかなにがしかの祝儀を渡して『江戸あれこれ』に名が載りましたな。その祝儀を町奉行小田切様の手を経《へ》て御救小屋にすべて寄付した桜子も名を揚げた。こたびの一件、だれも嫌な思いはしなかった」

と伊勢魚の旦那がにこにこ顔で言い切り、

「伊勢魚さん、待ちなされ。本日の『江戸あれこれ』には江ノ浦屋の彦左衛門さんは、ひの字も載っていませんでしたな。どういうことでしょう」

と安房屋義之助が疑問を呈した。

「昨日の日本橋での小三郎さんの口上《こうじょう》で北町奉行の小田切様と私のしたことははっきりと紹介されました。本日は、昨日桜子にご厚意の祝儀を出したお方の名が出るのが筋でしょう」

と説《と》き明かした江ノ浦屋彦左衛門だが、こたびの出来事に一抹《いちまつ》の不安を抱いていた。

若い桜子が急に名を揚げることが、世間で嫉妬などを生じさせ、船頭仕事がうまくいかなくなるのではなどと娘船頭の前途を案じていたのだ。だが、そのことを魚河岸仲間の前で口にすることはなかった。

夕暮れ前、満足げな顔で「江戸あれこれ」の書き方兼売り方の小三郎が三枚の読売を持って、仕事仕舞いをしようとしていた江ノ浦屋の店先に立った。

「大旦那、挨拶が遅くなって相すみません。こいつは本日売り出した読売でございます」

と差し出した。

「それはまたご丁寧に。私のところにはおまえさんが名前を載せた魚河岸仲間が集まってひと頻《しき》り雑談をしていかれましたよ。ゆえにおまえさんの書いた『江戸あれこれ』の内容は承知です。どうやら、売れ行き良好のようですな」

へえ、と答えた小三郎が、

「こたびの読売で江ノ浦屋の大旦那様の名を出さないでほしいと願ったのは桜子自身でございましてな、そのことを大旦那が不快と思われないかと、わっしは気になりましてな」

「それで顔を見せられたか。そんなことはどうでもいいが、桜子が、私の名を読売に出さないでくれと言った曰くを承知ですかな」

小三郎は頷くと、

「桜子の話ですがね、江ノ浦屋の大旦那様の名がたびたび読売にわたしといっしょに出されることで、大旦那様に迷惑をかけるのではないか、というのですよ。それでわっしが、いささかも迷惑をかけるとは思えないが、というと、桜子は頑《かたく》なに、いや、まだ半人前でもない女船頭のわたしと江ノ浦屋の五代目の名が並んで載ることに不安を感じるというのですよ。江ノ浦屋の大旦那、桜子の言い分、どう捉えればいいんでしょうね」

「ほう、桜子がそんなことをね」

彦左衛門は桜子自身も、急に世間に自分の名が知れ渡ることに不安を覚えていたのか、と思った。

四

娘船頭桜子の仕事が本式に始まった。

読売「江戸あれこれ」によって、桜子が魚河岸の旦那衆を筆頭に頂戴した祝儀十三両と百二十三文を公儀の御救小屋にすべて寄進したことは世間に広まった。

さらに、

「たくさんのご祝儀をありがとうございました。まだ本式に船頭仕事もしていないわたしが莫大な金子を頂戴するとは夢にも考えておりませんでした。

船頭職の先達《せんだつ》たる父の広吉とも相談し、若い身空で大金を手にすることは決してよくない、船頭仕事で地道に稼いで暮らしを立てるべきとの父親の忠言を受け入れて、北町奉行小田切直年様を通じて御救小屋へお渡しすることに致しました。皆々様の心温まるお気持ち、新米船頭のわたしは生涯忘れることはございません。どうか勝手な振る舞いについてお許しください」

との桜子の発言を書き方の小三郎が手際よくまとめて読売の最後に書き添えてくれた。そんな桜子の思いを、

「おお、よう考えましたな。そなたら親子の気持ち、しかと受け止めます」

と大勢の人々が理解してくれたと船宿さがみにも伝わってきた。

そんなことがあった本式の船頭稼業初日、桜子は父の広吉から引き継いだ猪牙舟の艫の孔に六尺棒を立て、その先端に色とりどりの吹き流しを結んだ。娘船頭の猪牙舟と分かるように近くの呉服屋で頂戴してきた絹の端切れだった。さらに猪牙舟を丁寧に拭き掃除していると、

「桜子さん、おまえさん指名のお客さんですよ」

と老婆と若い男衆のふたりを女将の小春が船着場へと案内してきた。

昼四つの刻限だった。

桜子はふたりが両国西広小路に面した真綿問屋近江屋《おうみや》の若旦那とその祖母だと

承知していた。

表町の神木三本桜の満開の候には毎年見物にきてくれて桜子たちの茶の接待を受けていたから、老婆はお宮《みや》、孫は孝史郎《こうしろう》と記憶していた。

「近江屋のお宮様、若旦那の孝史郎様、新米船頭のわたしをご指名頂きありがとうございます」

と桜子は深々と頭を下げて礼を述べ、若旦那といっしょに老婆を猪牙舟に乗せる手伝いをした。

「お婆様、胴の間は思いのほか冷えます。こちらへどうぞ」

と畳表で誂えた座布団を敷いた場へと案内し、

「川風が冷たいようですといけません」

と夏用の綿入れを傍らに置いた。娘船頭の桜子が用意した物だった。

「よう気が付きますね。さすがに女船頭はんです。孝史郎、そう思いまへんか」

と先代が近江の出という老婆が孫に話しかけた。

「桜子さん、近江屋のおふたりを深川の富岡八幡宮《とみおかはちまんぐう》まで送り迎えしておくれ」

と小春に命じられた桜子は、

「はい、畏《かしこ》まりました」

と受けて竹棹で船着場を軽く突いた。猪牙舟の船べりに手を添えた小春が、

「行ってらっしゃいまし」

と送り出した。

桜子は竹棹を櫓に替えて柳橋を潜った。

江ノ浦屋の大旦那は別にして、桜子が娘船頭として初めて乗せた客だった。

「近江屋のお婆様、よう娘船頭をご指名くださいました。ありがとうございます」

と改めて礼を述べた。すると頭の上から声が降ってきた。

「桜子ちゃん、仕事始めね、無事に近江屋のおふたりをお送りするのよ」

と柳橋から声をかけてきたのは幼馴染みで芸子の軽古ことお軽だった。朝風呂の帰りらしい。三本桜の花見の接待仲間だからお軽も近江屋のふたりを承知していた。

「ありがとう、お軽ちゃん」

と応じた桜子の猪牙舟が大川へとゆっくりと出ていった。

「桜子さん、うちのお婆様は神田明神《みょうじん》に詣《もう》でたかったんだがね、なにしろ舟を下りてあの坂道を上らなきゃなるまい。それで親父やお袋と相談して川向こうの富

岡八幡宮に替えたのさ。そしたら、おまえさんが載った読売を読んでいた婆様が、なにがなんでも桜子さんの一番舟には私が乗りますと言い張るので、孫の私が船宿さがみに駆けつけて大勢のお客さんを押しのけて一番手にしてもらったんですよ」

と孝史郎が夏の盛りに大川を越えて深川に向かう曰くを述べた。

「若旦那、ありがとうございます。わたし、おふたりが船頭稼業の初めてのお客さんということを生涯わすれません。おふたりは毎年、表町の三本桜にもお参りにきてくださいますよね。三本桜には神田明神の御札《おふだ》と注連縄《しめなわ》が張ってございます。富岡八幡宮の参拝のあと、三本桜にお立ち寄りくださいまし。すると神田明神にも参拝したことになりましょう」

と応じながら、両国橋を斜めに過《よぎ》って竪川《たてかわ》に入った。大小のたくさんの船や筏《いかだ》が往来する大川より竪川のほうが安全と思ってのことだ。竪川に猪牙舟を入れた桜子はゆったりとした櫓の扱いにした。

「桜子さん、孫が言うたようにね、わたしゃ、読売を読んで泣きましたよ。その若さでなんと気がつく娘さんやとね。うちの孫はあんたさんより年上です。けど、桜子さんほどの心遣いはできません」

と言ったお宮が、

「桜子さん、おっ母さんは三つの折りに出ていかれたそうやな。以来、お父つぁんとふたりして、暮らしてこられたと聞いております。船頭として働くお父つぁんの世話から洗濯、掃除までこなしてきたと読売で読みました」

お宮は話好きと見えて老いていても口調ははっきりとしていた。

猪牙舟は最初の一ツ目之橋を潜っていた。

「近江屋のお婆様、読売は大げさに書くものです。わたしの長屋の女衆がおっ母さんの代わりになんでも教えて手伝ってくれました。大したことではございません」

「三つで別れたんや。おっ母さんの顔は覚えておりますまいな」

「おぼろげに記憶があるようなないような」

「そうやろそうやろ」

「ですが、おっ母さんが京の都からわたしに会いに来てくれました。十五の歳のことです。そのとき、直ぐにわたしのおっ母さんだと分かりました。わたしのようにひょろりと背丈が高いのです」

「えっ、そんなことがありましたか、知らんかったわ」

近江屋の婆様は無念げに言った。

桜子は差しさわりのない程度にお宗と再会したときの話を、竪川を東進しながら説明した。

「そうか、おっ母さんが遥々《はるばる》と京から江戸に出てこられましたか」

「わたし、京どころか箱根《はこね》の山にも行ったことはありません。おっ母さんは独りで旅してきたそうな。女のひとり旅なんて大変でしょうにね」

猪牙舟はいつしか三ツ目之橋に差し掛かろうとしていた。すると向こうからくる見知らぬ顔の荷船の船頭が、

「おお、ひょろっぺ桜子じゃないか。いよいよ仕事を始めたか、頑張りなよ」

と声をかけてくれ、桜子は、

「ありがとう」

と応じていた。

「桜子さんは人気者やね、孝史郎、そう思わへんか」

「お婆様、江戸広しといえども桜子さんのように何度も読売に取り上げられる娘さんはいませんよ」

「桜子さん、あんたさんはもう亭主にするお方が決まってはりますか」

とお宮がいきなり話柄を変えた。

「お婆、いきなりそんな問いはなかろう」

と孫の孝史郎が呆《あき》れ顔で注意し、

「お婆がいくら暇を持て余して、あちらこちらの若い娘に声をかけて縁談をまとめようたって、人気者の桜子さんには通じませんよ。ちなみに桜子さんの相手はだれにしようというのですね」

と問うた。

「そりゃ、決まってます。孝史郎、おまえの相手ですよ」

「はあ」

と驚きの顔をした孝史郎が、

「江戸一の人気者に真綿問屋のお婆様のお守り役の孫をね。呆れた」

と笑い出した。

「あかんか、孝史郎」

「お婆、無理だね。桜子さんには決まった相手がおられますよ」

「えっ、孝史郎さん、だれでございましょう。当《とう》のわたしが存じませんが」

との桜子の反問に、

「お婆、桜子さんは薬研堀の棒術道場のお弟子なんだよ。跡継ぎの小龍太さんと仲良しなんだよ」

と言い添えた。

「えっ、娘船頭さんは、大河内の若先生と所帯を持つんかいな」

とお婆のお宮が関心を持った。

「そんな噂が世間に流れていますか。わたし、七、八歳の折りから薬研堀道場に通い、若先生はわたしのお師匠さんです。それ以上」

と言いかけた桜子の言葉を遮って、お宮が、

「なんの話もなしというんですか。それにしても娘船頭さんの付き合いはえらい手広いわね。棒術道場のお弟子さんとはね」

「は、はい」

と桜子は曖昧に返事をした。

「お婆、桜子さんの腕前は並みじゃないそうだよ。門弟のなかでも、なかなかの腕利きと聞いたよ。お婆の好きな読売で読まなかったか。今年の正月かね、どこかのお武家さんの屋形船相手に桜子さんが大立ち回りをした話、知らないか」

「えっ、わたしゃ、読み落としたんかね、それとも読んで忘れたか」

とお宮が首を捻った。

「近江屋の若旦那は小龍太さんと知り合いですか」

ふたりの話に桜子が割り込んだ。

「薬研堀界隈の遊び仲間の大将が小龍太さんでね、私は小龍太さんの子分のひとりだったのさ。もう十数年も前のことだ」

「そうでしたか、若先生と幼友達でしたか」

「うちと薬研堀は直ぐ近くだもの、このところ会ってはいないが噂は流れてくるよ」

と孝史郎が言い、

「近江屋さんと薬研堀の道場はご近所ですものね」

と桜子が孝史郎に頷き返した。

桜子の猪牙舟が竪川から横川に入ったとき、新辻橋《しんつじばし》下にいた苫船《とまぶね》からひとりの男が娘船頭の猪牙舟に尖った視線を向けた。

「あれが娘船頭のひょろっぺなんとかかえ」

と男が桜子の形《なり》と五色の吹き流しを見て、仲間に呟いた。

「おお、魚河岸の江ノ浦屋の大旦那も贔屓だとよ。若いが金には困ってないな、だってよ、娘船頭になった日に十何両もの祝儀があの娘っこの巾着に放り込まれたと聞いたぜ。大したもんだ」

「おい、熊吉《くまきち》、このご時世に十両だと。おれたちがこれまで襲った猪牙舟の船頭なんてみんな一分ほどの銭しかもってなかったな」

「ああ、稼ぎのない野郎ばかりだったよな。だがよ、娘船頭のひょろっぺ桜子は、柳橋界隈の人気者でよ、おりゃ、読売売りの口上で十何両の祝儀話は聞いたからたしかだよ。六間堀《ろっけんぼり》の警三《けいぞう》兄い」

半端者が稼ぎに事欠いて猪牙強盗に鞍替《くらが》えしたか、男三人が言い合った。

「熊、あの猪牙舟をつけねえな。まだ朝の間だ、娘船頭の巾着に銭は入ってなさそうだが、あの婆と若い男は、川向こうの大店の身内だぜ、そこそこの金は懐に入れていよう」

「何、警三兄い、娘船頭の客に狙いを変えたのか」

「おお、船頭を狙っても大した稼ぎにはならないがな、あの形の婆様と若造の懐には小判の四、五枚は入っていよう。熊、ぼうっとしてねえで、あの猪牙を追いかけねえか」

「あいよ」

苫船の櫓を握っていた熊吉が櫓に力を入れて桜子の猪牙舟を追い始めた。

「虎、熊吉、おめえらの汚れた面《つら》をこの界隈の野郎どもは承知だ。手拭《てぬぐ》いで頰《ほお》かぶりしてよ、面を隠しねえ」

兄貴分の六間堀の警三が命じながら、苫船に隠してあった長脇差を手にした。

「ああ、兄い、猪牙が横川から材木置場のほうに曲がり込んだぜ。三好町《みよしちょう》のどこかで客の婆と若旦那を下ろさないか、銭を持ったふたりが逃げちゃ、娘船頭ひとりになっちまうぜ」

と大男の虎次《とらじ》が案じた。

「いや、あの客ふたりはこの界隈の住人じゃねえや、形が違わあ。堀のどんづまりをよ、左に曲がったらよ、行き先は決まってらあ」

「どこだよ、兄い」

「虎、まあ見ていな。あの猪牙の行き先は富岡八幡宮と見たね」

「ほうほう、そうか八幡宮にお参りか」

苫船の三人はしばし無言で桜子の猪牙舟を一丁ほど離れたあとから追った。桜子の猪牙舟はなにも知らぬげに、材木置場を横目にまっすぐに進み、左手に曲がった。

「おお、兄い、猪牙め、左に曲がったぜ。あとはどこぞの大名屋敷をぐるりと回ってよ、海辺新田《うみべしんでん》に向かうと兄いの勘が当たるがね」

「虎次、案ずるな。あの婆さん、富岡八幡宮詣でに間違いねえ。いいか、今日はじっくりと構えてよ、客の婆さんの懐の銭をすべて奪いとるぜ」

警三が苫船の胴の間にあった貧乏徳利を摑《つか》み、ひと口安酒を口に含むと長脇差の柄《つか》に、ぷうっと吹きかけた。

「警三の兄いよ、あのひょろりとした娘船頭め、棒術の達人だって聞いたぜ」

と船頭の熊吉が言った。

「おめえ、読売を読んだか」

「兄い、知っているだろうが、おりゃ、字が読めるわけもねえや。だれぞから聞いた話だ」

「川向こうの江戸から伝わってくる話は深川に届いたときはよ、大化けに化けてやがるのよ。たかがひょろっぺの娘っ子だ。女船頭ってんで読売に持ち上げられたのよ」

警三が言い放ったとき、

「兄い、大名屋敷を曲がってよ、三十三間堂《さんじゅうさんげんどう》のほうに猪牙がいくぜ」

「三十三間堂じゃねえ。ここまでくれば、あの猪牙の行き先は富岡八幡宮で間違いねえ」

と応じた三人組の兄貴分が苫屋根からごそごそと這《は》い出し、手にしていた長脇差を腰に差し落とした。

「兄いの狙いどおりに三十三間堂の裏手の堀に猪牙が入っていきやがった」

「みねえ、行き先は八幡宮だ」

「兄い、八幡宮の先の永代寺《えいたいじ》ってことはねえか」

「熊吉、寺じゃねえ、お宮さんだ」

「猪牙舟が止まったら一気に襲うか」

「いや、じっくりと狙ってな、あの婆と若造の懐の金を奪い盗るのよ。あいつら、八幡宮にお参りしたらよ、必ずあの界隈の料理屋に立ち寄ってめしを食うぜ。そのあとかね、腹いっぱいになって気を抜いたところをよ、堀端で待つ猪牙舟に戻ってくる途中を襲うのよ」

と警三がふたりの仲間に言った。

「ああー」

と大男の虎次が悲鳴を上げた。

「どうした」

「猪牙が曲がって三十三間堂との間の堀に入っていったぜ」

「それでいいのよ。ひょっとしたらあの婆さんの足を考えてよ、富岡八幡宮の門前の船着場に着ける気か」

「おお、猪牙の舟足がゆるまったぜ」

「あの婆さんの金はもはやこっちのものだ。虎、おめえ、ふたりの客を見張りねえ」

と命じたとき、娘船頭の猪牙舟は富岡八幡宮の門前へと曲がりこんでいった。

四つ半（午前十一時）の頃合いだった。

第三章　一番手柄

一

応神《おうじん》天皇が祭神の富岡八幡宮は、深川八幡宮とも称される。別当《べっとう》は真言宗大栄《しんごんしゅうだいえい》山金剛神院《ざんこんごうしんいん》永代寺である。

寛永《かんえい》四年（一六二七）に京の長盛《ちょうせい》上人が、かつてこの地にあった八幡宮旧社の再興を幕府より許され、同十三年には大規模な社殿が建立《こんりゅう》され、府内一の大社になった。

氏子《うじこ》の範囲は、本所・深川一円および隅田川対岸の霊岸島・箱崎《はこざき》・新堀《しんぼり》あたりに拡大し、百十町余にものぼった。また境内《けいだい》の鐘楼《しょうろう》、額殿《がくでん》、神楽殿《かぐらでん》などに加え多くの末社を有する壮大な伽藍《がらん》の様子は、歌川広重《うたがわひろしげ》の錦絵《にしきえ》や「江戸名所図会《ずえ》」の挿《さし》絵《え》からうかがえ、富岡八幡宮の名は江戸じゅうに知れ渡っていた。

桜子は猪牙舟を富岡八幡宮の門前の橋下に着けた。

「お婆様、孝史郎さん、石段を上れば社殿は一丁先に見えます」

と猪牙舟を舫った桜子はふたりに言った。

お宮は猪牙舟から孝史郎と桜子の手を借りながら船着場に上がった。

「いってらっしゃいまし」

と送り出す桜子にお宮が、

「桜子さん、おまえさんは富岡八幡宮にお詣《まい》りしたことがございますか」

と問うた。しばし間を置いた桜子は、

「お父つぁんの猪牙で幼いころからこの富岡八幡宮に数えきれないほど寄せてもらっています。お父つぁんの務めはお客人の参拝が済むのを待つことです。わたしもお父つぁんといっしょにこの門前橋の下で何十回、何百回と待たせてもらいましたが、深川八幡宮さんに参拝したことはございません。なんという罰《ばち》あたりでしょうか」

と悔いの言葉で応じて、

「近々お詣りさせてもらいます」

と言い添えた。

「それやったら本日私らといっしょに八幡さんにお詣りさせてもらいましょうな」

「あり難い思し召《おぼめ》しです。だけど最前も申しましたが、船頭の務めはお客様の御用が済むのを待つことです。こちらでお待ち申します」

と桜子は丁重に断った。だが、

「本日は桜子さんの初めての仕事日ですよ。一番客の私どもが願うております。いいですか、応神天皇さんに娘船頭の務めが無事なし遂げられますよう初日に願うのも娘船頭の務めと違いますか」

とお宮が食い下がった。

桜子は当惑の顔を思わず孝史郎に向けた。

「桜子さん、迷惑でしょうが年寄りの我がままを聞いてくれませんか。お婆が言うように桜子さんの仕事始めに富岡八幡宮に来たのもなにかの縁ですよ」

と孝史郎が笑みの顔で言った。

「船頭のわたしがお客人とごいっしょしてよいのでしょうか」

「年寄りの無理を聞くのも船頭の務めと思うてください」

との孝史郎の念押しの親切にしばし思案した桜子はふたりにぺこりと頭を下げ、

「お供させて頂きます」

と願い、橋下に泊まるほかの猪牙舟の船頭に、

「すみませんがわたしの猪牙をしばらく見ていてくれませんか」

と願った。すると桜子らの問答を聞いていた船頭仲間が、

「おお、お客人の求めに従うのもわしらの仕事よ。おれがひょろっぺ桜子の猪牙を見張っているぞ。おれの客が戻ってきたときには、ほかの船頭に願ってよ、見守ってもらうよう頼んでおくからよ、案ずるな」

と約定してくれた。

思いがけず桜子は富岡八幡宮の境内に足を踏み入れることになった。

「まあ、こんなに広い境内とは思いませんでした」

「ご本殿の奥にはたくさんのお社《やしろ》がありますよ。まずな、桜子さん、この富岡八幡宮が創祀《そうし》される以前から祀《まつ》られている地主神《じぬしがみ》様にお詣りしますよ」

とお宮は地主弁天《べんてん》とも呼ばれる七渡《ななわたり》弁天社に桜子を連れていき、参拝させた。

真綿問屋のお婆は、幾たびも八幡宮にお参りしているらしく、境内に詳しかった。

「ほれ、こんどはな、住吉社《すみよししや》さんです、おまえさんの仕事と関わりがあります

よ」

「えっ、船頭の仕事と関わりがありますか」

「そうです。こちらの住吉社は古くから海の安全の神様ですよ、千石船《せんごくぶね》も猪牙舟も水の上の務めですな。桜子さんの守り神です。しっかりとお詣りしなはれ」

とお宮が言った。

物知りのお宮の案内で富岡八幡宮の航海安全の神様にお祈りしたあと、最後に本殿に参拝した。最初の日からなんとも優雅でゆったりとした仕事だった。

刻限はいつしか昼九つを過ぎていた。

桜子は橋下に舫った猪牙舟が気にかかっていたので、

「孝史郎、お昼の刻限ですがな。境内にある料理茶屋で昼餉《ひるげ》をしてまいりますよ」

とお宮が孫に言うのを聞いて、

「わたし、猪牙舟で待たせてもらいます」

とふたりに願った。だが、

「孫とふたりで食してもつまりません。桜子さん、おまえさんも付き合《お》うてくだされ」

と誘われ、八幡宮の境内の池の端にある料理屋に連れていかれてふたりに馳走《ちそう》になった。

猪牙舟の船頭がかようにお客人と料理茶屋で昼餉をともにすることなどあるまい。娘船頭ということで誘われたのだろうと、桜子は恐縮していた。かといって無下《むげ》に断わるのも礼儀知らずと思われよう。猪牙舟の娘船頭の初仕事がこんな成り行きになろうとは、想像もしなかった。

「お婆様、孝史郎さん、船頭のわたしまで馳走に与り、どうお礼を申し上げてよいか分かりません。このとおりでございます」

と料理茶屋の表で深々と頭を下げた。

その様子を三人組のひとり、虎次が池の端から見張っていた。警三兄いは客のふたりの参拝の様子を見張れと命じたが、なんと娘船頭もふたりの客といっしょに八幡宮をお詣りしたうえに料理茶屋で昼餉まで食したのだ。

虎次は三人がようやく八幡宮の門前の橋下の猪牙舟に戻ると察したが、三人はゆったりとした歩みで本殿前に戻り、軽く頭を下げて、

「さあて、桜子さん、猪牙に乗せてもらい、柳橋に戻りましょうかね」

と言った老婆が、

「孝史郎、桜子さんにあれを」

と命じた。すると孫と思われる若い衆が娘船頭に、

「桜子さん、大変楽しい富岡八幡宮参拝でした。お婆の我がままにようも付き合ってくれました。ありがとう」

と礼を述べながら紙包みを差し出したのだ。

「孝史郎さん、舟賃でしたら、船宿に戻った折り、おかみさんにお支払いくださいな」

と桜子が慌てて願った。

「いえ、舟賃はすでに船宿にお婆が支払ってございます。これは年寄りに付き合ってもらった細やかなお礼です」

「とんでもないことでございます。わたしは猪牙の新米船頭に過ぎません。その船頭が八幡宮を案内してもらったうえに、美味《おい》しい昼餉まで馳走になりました。そのうえお礼など頂戴するわけにはいきません」

と遠慮した。

「すでにお婆のお節介な我がままはとくと承知ですね。これから娘船頭として桜子さんはいろいろな人に会いましょう。客は千差万別です、なかには嫌な客もお

りましょう、またうちのお婆のようにお節介やきの厄介な客もおりましょう。今日は私どもも大変楽しい思いをさせてもらったのです。そのお婆の気持ちです、どうか断らないでくださいな」

と孝史郎が差し出すのを桜子は受け取らざるを得なかった。そして、船宿に戻ったあと、親方かおかみさんに相談しようと預かった。

境内で一刻以上を過ごした三人が橋下の猪牙舟に向かうのを見届けた虎次は、三人より先に苫船に戻った。

「虎、三人はどうしたよ」

「兄い、あの客の婆さんな、銭をしこたま持っているぜ。船頭に高そうな料理茶屋でよ、昼餉をいっしょに食べさせたうえに孫が婆さんの命《めい》で小遣いまで押し付けたんだよ。おりゃ、腹が空《す》いて腹が空いてよ」

「虎、もう少しの辛抱だぜ。いいか、客ふたりを乗せて八幡宮の橋下を離れてよ、人目がなくなったら、猪牙を一気に三人で襲うぜ。娘船頭は、熊、おめえが叩きのめせ。おれと虎は、客の金を奪う」

「合点だ」

と苫船のなかで改めて相談がなされた。

桜子は自分の猪牙舟が橋下に舫われているのを見て安心した。見張りを頼んだ船頭の姿はなかったが、

「おお、おまえさんは柳橋のさがみの娘船頭だってな」

と別の船頭が桜子に声をかけた。

「船頭さん、長い留守をして申し訳ありませんでした」

「おお、お互い様だ。そうだ、そのへんでこの界隈の絵草紙《えぞうし》屋を見なかったか。おまえさんが初仕事で柳橋から富岡八幡宮に来ていると知って、おめえと話したいとよ」

「困ります。お客様をお乗せしています。柳橋へと戻ります」

「ならば気をつけて大川を渡りねえ」

と言ってくれた。

その船頭に孝史郎がなにがしかの銭を渡すのを苫船の三人も見ていた。

「おお、たしかにあのふたりはよ、銭には苦労してねえな。婆の懐には大金が入っているぜ」

と警三が虎次に囁《ささや》く傍らを、ふたりの客を乗せた桜子の猪牙舟が通り過ぎていこうとしていた。するとと苫船の船頭の熊吉がいきなり、

「待ちねえ」

と声をかけ、苫船を猪牙舟に擦《す》り寄せた。

「なにをするんです」

と桜子が声を荒らげた。

「娘船頭、おとなしくしねえ。客に用事よ」

と熊吉が逸《はや》り立ったのを見た警三は、

「熊の馬鹿め、いきなり猪牙の娘船頭に声をかけやがった。仕方ねえ、虎次、客のふたりの銭を奪いとるぜ」

と苫屋根の下から長脇差を手に這い出した。それを見た桜子が、

「お婆様、孝史郎さん、猪牙舟に身を伏せてください」

と落ち着いた声で願うと手にしていた竹棹で男たちの苫船の船べりを突いた。棒術の修行を長年してきた桜子の突きだ。船頭の熊吉がよろけて堀に転げ落ちた。

「畜生、やりやがったな」

と苫船に立ち上がった警三と虎次に、

「おまえさん方、猪牙強盗《ぶったくり》ですか」

と桜子の甲高《かんだか》い声が響き、八幡宮の橋の上から大勢の参拝客が騒ぎを見下ろし

た。すると、桜子の竹棹が長脇差を抜こうとした瞥三の胸を鮮やかにもひと突きし、さらには虎次の首筋を叩いて苫船に転がした。

しばし間があって、

「おお、娘船頭がぶったくり三人をやっつけたぜ」

「ひょろっぺ桜子、大手柄だぜ」

と橋上の人々が叫び合い、そのなかにいた絵草紙屋が、

「しめた。娘船頭の初手柄、おれがもらった」

と橋から船着場に駆け下っていった。

桜子の竹棹にあっさりと屈した熊吉が苫船の船べりにしがみついていた。

そんな騒ぎを一艘の屋根船の障子の隙間《すきま》から恰幅《かっぷく》のいい隠居風の年寄りと桜子と同じ年頃の若い娘が見ていた。

「愚かものが」

と隠居が吐き捨てた。

「おまえ様、あの三人は素人ですよ。それよりひょろっぺ桜子と呼ばれた娘船頭が気に入りませんよ」

「おお、曾野香《そのか》、いずれあの娘も始末を付けねばなりますまい。私の仕事に差し

さわりがでます」

と言ったのは須崎村の長命寺《ちょうめいじ》裏手に居を構える百面相《ひゃくめんそう》の頭《かしら》こと雷鬼左衛門《いかずちきざえもん》と若い情婦の曾野香だ。両人は爺様と孫ほど歳が離れていた。

「五祐《ごすけ》、船を戻しなされ」

と鬼左衛門が主船頭に命じた。

屋根船の障子が閉められ、苫船の周りの騒ぎをよそにゆったりと門前町の橋を潜り、西の永代寺の方角へと去っていった。

むろん桜子はこの屋根船の主を見ることもなく、何者か知る由《よし》もなかった。

「ちょいと娘船頭の桜子さんよ、話を聞かせてくれねえか」

と仙台堀今川町《せんだいぼりいまがわちょう》の絵草紙版元「深川まいにち」の書き方の兵之助《へいのすけ》が声をかけた。

「お待ちくだされ。お客様のお世話が先です」

と桜子は御用聞きの手下かと思い、そう願った。そして、

「お婆様、孝史郎さん、驚かれたでしょう。申し訳ございません」

と詫《わ》びた。するとお宮が、

「わたしゃ、この半日で十年分の見物をさせてもらいましたよ。桜子さんが棒術の達人と話には聞いていましたが、猪牙強盗の三人をあっさりとやっつけました

な。いや、久しぶりにすっきりしましたよ」

　と満面の笑みで言い放った。

「お婆様、私は魂消ましたよ。いえね、柳橋界隈では、ひょろっぺ桜子は無類の喧嘩上手《けんかじょうず》と聞いていましたが、いやはや竹棹の遣い方が並みではありませんね。さすがに大河内小龍太自慢の弟子だ」

　と孝史郎は驚きの表情を見せた。

「真綿問屋の若旦那、この話、柳橋ではないしょにしてくれませんか。いよいよ嫁の貰い手がなくなりますよ」

「いや、大河内の若先生に教えたら大喜びすると思うがな」

「やめて、孝史郎さん。柳橋界隈の評判が悪くなって棒術の大先生から破門されかねません」

　と桜子が言ったとき、

「おまえさん、手柄だね」

　と門前町《もんぜんちょう》の蓬萊橋《ほうらいばし》際で一家を構える御用聞きの矢平次《やへいじ》親分が手に十手《じって》を携えて声をかけてきた。

「親分さんですか。お騒がせしています」

と桜子が詫びると傍《かたわ》らからお宮が、

「親分さん、わたしゃ、江戸の両国西広小路脇の真綿問屋の婆様だがね、桜子さんにはなんの罪咎もありませんよ。あそこの苫船のぶったくりの三人が客の私と孫に金を出させようとしたところを娘船頭の桜子さんが、ええ、あの竹棹で、ひと突きふた突き、最後に三人目を叩いて懲《こ》らしめたんですよ」

「お婆様、おまえ様からも話を聞かせてもらうが、まず柳橋の名物娘が先だ。それでいいかね」

「親分さん、年寄りは暇だけはたくさん持っていますよ」

と猪牙舟の胴の間に鎮座して言い放った。

苫船に転がっていた警三と虎次に蓬莱橋の矢平次親分の手下たちが堀の水をぶっかけて意識を蘇らせた。

二

桜子の猪牙舟が柳橋の船宿さがみの船着場に戻ってきたのは、七つ半（午後五時）過ぎだった。船宿から女将の小春が飛び出してきて、

「桜子、随分とゆっくりだったね」

と桜子に声をかけた。その声音には初めての仕事でなにがあったのか、案ずる思いが込もっていた。すると、

「おかみさん、遅くなったには曰くがありますのさ」

と答えたのは客の真綿問屋のお宮だった。

船宿から近江屋の若い衆が船着場に飛び出してきた。身内の舟行《しゅうこう》を心配して主《あるじ》がさがみに行かせた奉公人だった。すると若旦那の孝史郎が、

「私どもを案じて迎えに来られましたか」

と問うた。その落ち着いた態度は案ずることはありませんと告げていた。

桜子は猪牙舟を船着場に舫い、孝史郎といっしょにお宮を船着場に上げた。

「まずはうちにお入りくださいな」

と小春がお宮に勧めた。ちょうど船着場に下りてきた猪之助親方も、それがいという風に桜子を見た。

「いえね、半日桜子さんの猪牙を借りて起こったことをこの場でご一統さんに披露しておきましょうかな」

と前置きしたお宮が富岡八幡宮での顚末《てんまつ》を未だ上気した口調で船着場の人々に

聞かせた。船着場の人々はお宮の興奮した報告を呆れたり驚いたりしながら聞く羽目になった。

「なに、娘船頭はしょっぱなの仕事で猪牙強盗に出くわしたというか」

と親方が無言で控える桜子を見た。

「親方、おかみさん、ご一統様、申し訳ございません。わたしの行いのせいで近江屋さんのお婆様と孝史郎様を危ない目に遭わせることになりました」

とその場の一同に深々と頭を下げた。

「桜子さん、あなたが詫びることはなにもございませんよ。このお宮婆は大層満足しておりますからね、なにしろ娘船頭さんは三人の無法者をあっさりと竹棹一本で懲らしめたんですよ、ご一統」

と得意げに見廻した。

「いえ、お客人がかような騒ぎに巻き込まれることがないように務めるのが船頭の仕事です。それを」

と言いかけた桜子の言葉を遮ったのは若旦那の孝史郎で、

「いえ、さがみの親方におかみさん、あの者たちはいきなり桜子さんの猪牙に苫船を寄せて脅《おど》してきたんです。だれであっても避けられませんでした。それを桜子さんは素早く動いて三人ともを倒し、駆けつけた永代寺門前町蓬莱橋の御用聞きの親分に引き渡したのです。そのあと、八幡宮の門前の番屋に連れていかれて私どもふたりといっしょに経緯《いきさつ》を聞かれたんです」

「若旦那、えらい災難でしたな」

「親方、災難だなんて小指の先ほども感じませんでしたよ。なにしろ桜子さんの立ち回りはたったの一瞬でした。その騒ぎをこのお婆と孫のふたりがだれよりも間近で見物したんです。お相撲《すもう》ならば土俵際《どひょうぎわ》、お芝居ならば桟敷《さじき》席でね、ただで見物したんですよ。富くじ千両が当たったたような気分でした」

との孝史郎への問いを奪ったお宮の返答に一同が笑い出した。

「いえね、番屋のお調べのあと、深川の絵草紙屋にあれこれと私たちも問い質されたんですからね、このくらいの刻限になりますよ」

とお宮が言い放った。

「近江屋のお婆様、相撲と縁の深い富岡八幡宮で土俵際のような猪牙舟に乗ってぶったくりの捕物《とりもの》騒ぎを見物ですか」

「親方、それも無料《ただ》で、です」

とお宮が胸を張った。

「呆れたわ。桜子ちゃんはどこへ行っても騒ぎにぶつかるのね」

と女将の小春の口調には、私もその場にいたかったといった気配が感じられた。

「お婆様、若旦那、富岡八幡宮の騒ぎ、読売になりますか」

迎えにきた近江屋の手代が口を挟《はさ》んだ。

「壱造《いちぞう》、川向こうの『深川まいにち』なる絵草紙屋です。こちらでは売り出されまいな」

と残念そうに言う孝史郎に、

「若旦那、娘船頭の初仕事に猪牙強盗三人が絡《から》むとなれば、読売や絵草紙はこの柳橋界隈でも売り出されましょうな。桜子の名が載った読み物は絵入りの大ネタですぞ」

と猪之助親方は予測し、

「さがみの親方さん、私の名も出ますかね」

とお宮が気にすると、

「必ず載ります」

と猪之助が言い切った。

「親方、本日の三人組、猪牙強盗《ぶったくり》と呼んでいいのでしょうか。わたしより、お客人の懐の金子を狙ったのです。それもたくさんの目がある富岡八幡宮の門前町で事を起こした。これまで聞かされてきたぶったくりといささか違っております」

と桜子が口を挟んだ。猪之助が、

「深川の御用聞きはなんと言っていた」

「船頭ではなくお客人の懐に目を付けたのは新手の猪牙強盗だな、と矢平次親分さんが言っておられました」

「ならばやはりぶったくりだろう。詳しいことは明日の読売で読めるだろうよ。ともかく近江屋のお婆様と若旦那、お怪我がなくてようございました」

という船宿さがみの親方の言葉で船着場の立ち話は終わった。

「親方、おかみさん、この先までお二人を送って行ってはなりませんか。帰りに表町の神木三本桜にも参拝されるようお勧めしたのです。本日の騒ぎがなんとか無事に済んだのは富岡八幡宮のご祭神のおかげです。わたしもお二人にお供して神木三本桜にもお礼が申し上げとうございます」

と桜子が願った。

「おお、そうでしたそうでした。三本桜の御札と注連縄は神田明神さんのものですよ。ぜひ桜子さんといっしょに舟行の無事を報告して拝礼しましょうかな」

とのお宮の言葉に桜子も近江屋の迎えの駕籠《かご》に従うことにした。

船宿の前に止められていた辻駕籠の駕籠かきたちが、

「おう、桜子ちゃんよ、お手柄だったな」

と声をかけてきた。

「いいえ、手柄というほどの働きはなにもしていません」

「三人の猪牙強盗をとっ捕まえたんだぜ。親方もいっていたがよ、必ずやこの界隈でも読売が売り出されて、大騒ぎだぜ」

と言い切った。桜子は駕籠かきに頷き、

「お婆様、迎えの駕籠に乗ってください」

と願ったがお宮は、

「一日じゅう猪牙舟に座っていたんですよ。わたしゃ、桜子さん、あなたといっしょに三本桜まで歩いていきますよ」

と言い出し、桜子はお宮の手をとって三本桜まで歩くことにした。

夏の傾いた陽射しが三本の桜を照らしつけていた。

桜子はいつものように一番大きな老桜の幹に額をつけて、

（船頭仕事の初日、柳橋に無事に戻ってこられました）

と胸の中で心からのお礼を述べた。

桜子が老桜の幹から額を離したとき、お宮と孝史郎はすでに拝礼を終えていた。

「長い一日でございました」

「桜子さん、私たちは楽しい一日でございましたよ。これでいつあちらさんからお迎えが来ても大丈夫です」

「お婆様、その折りはわたしが、もうしばらく近江屋のお婆様はこちらにお残しくださいとお願い申します」

「おうおう、ひょろっぺ桜子さんの願いならば彼岸《ひがん》の仏様もお聞き入れになりますやろな」

と応じたお宮がようやく迎えの駕籠に乗り込んで、桜子は近江屋の店先が見える両国西広小路まで送っていった。

桜子は駕籠を下りたお宮が店先でこちらを向いて手を振るのに、大きく手を振って応えた。

船宿さがみに戻ると父親の広吉も仕事から戻っていた。

「あら、大変、夕ご飯の仕度をするから、お父つぁん、少し待っててね」

「そんなことはどうでもいいや。川向こうで騒ぎがあったって、親方から聞いたが話がよく分からねえ。おまえが襲われたんじゃないのか」

「三人組、わたしを襲ってもお金にならないと思い、近江屋のお婆様の、お宮さんから奪いとろうとしたのよ。それで」

「商売道具の竹棹で突き転ばしたか」

「だって咄嗟《とっさ》のことよ」

と桜子が応じるところに今度は、吉川町の鉄造親分がひとりで姿を見せた。

「おい、桜子、新手の猪牙強盗が富岡八幡宮の船着場に現れたって」

とだれかから聞いたかそう言った。さらに、

「御用聞きはだれだえ」

「蓬萊橋の矢平次親分さんだったわ」

「おお、矢平次親分か、いい御用聞きにあたったたな。で、番屋に連れていかれたか」

「はい。お客の真綿問屋のお婆様と孫の若旦那の孝史郎さんといっしょに」

「おまえが堀に突き落としたぶったくりどももいっしょか」

「はい、堀に落としたのは苫船の船頭方でした。船べりを竹棹で突いたので堀に転がり落ちただけで怪我はしてないでしょう。頭分《かしらぶん》の警三が長脇差を手にお宮さ

んに襲いかかろうとしたので、胸を竹棹でちょっと強く突き過ぎました。番屋で唸りながらわたしを睨《にら》んでいました」

「そやつら、ひょろっぺ桜子の腕前を知らねえな、気の毒によ」

と鉄造親分が三人組に同情した。

「親分さん、わたし、お父つぁんの夕ご飯の仕度をするの。話はそのあとではいけない」

との桜子の問いに小春が、

「親分さん、うちに上がってくださいな。今日は広吉さんと桜子の親子には、うちで夕ご飯を食べてもらうからさ」

と割り込んだ。

「そうか、おれのほうにも猪牙強盗の一件で話があるんだ。こいつは猪之助親方も知るめえ。ゆうべ、楓川《かえでがわ》の船宿の船頭が戻らねえんで捜してたら、なんと猪牙が八丁堀《はっちょうぼり》の亀島小橋《かめじまこばし》の傍らで今日の昼前に見つかったんだ。で、猪牙の胴の間に筵《むしろ》をかけられた船頭の骸《むくろ》が見つかってよ、八丁堀では大騒ぎよ」

「なんてこった。楓川の船宿とはどこだえ、親分」

「越中橋西詰めの船宿高尾《たかお》だ」

「なんと、稲城《いなき》の父つぁんの船頭か」

と猪之助親方が愕然《がくぜん》とした。

「こりゃ、立ち話で済まないよ。三人してうちにお入りな」

小春が親分を船宿の帳場座敷に招いた。

桜子は小春の手伝いをしようとひと足先に船宿に入った。それを見た広吉が、

「桜子、おめえの猪牙舟の後片付けはおれがやろう」

と船着場に下りていった。

「お願いね」

と言った桜子は小春のあとに従いながら、なにげなく腰の巾着に手をやった。

「おかみさん、思い出したわ。近江屋さんからご祝儀を頂戴しました。これを本日の猪牙の舟賃に加えてください」

「えっ、どういうこと。舟賃は前もって頂戴しているわよ。桜子、男船頭に世話になったのなら、お客人は酒手をくれたりするでしょう。近江屋のお婆様は桜子の舟が楽しかったのよ、だから、おまえさんへのご褒美《ほうび》よ。あり難く頂戴しなさい」

と紙包みを見ただけで確かめもせず言い切った。桜子が包みを開いて驚き、

「おかみさん、二朱も入ってる。お父つぁんも酒手を貰うことはありますが、二朱なんてまずありませんよ。せいぜい十文とか十五文」

「そうよ、柳橋から山谷堀の今戸橋まで送ってそんなものね。今日は格別にご祝儀を近江屋のお宮様、用意していたようね。まあ、桜子の立ち回りの見物料かな」

と小春が笑って、桜も得心した。

「ならばあり難く頂戴します」

と言うと桜子も台所に入り、まず酒の仕度をする小春の手伝いから始めた。

「おかみさん、わたし、流しで客を拾えるようになるのはいつのことでしょう」

桜子の問いに小春が眼差しを向けて、

「近江屋さんのような借り切りのお客は嫌なの」

「いえ、違います。新米船頭が娘というだけで過分な扱いを受けるのはどうかと思ったんです。お客さんと行き先、その分相応《ぶんそうおう》の舟賃を稼ぐのが猪牙舟の船頭でしょう」

「それはそうね、だけどね、桜子は江戸でも初めての娘船頭よ、まずはうちの船宿のお馴染みさんを柳橋から送り出す勤めを半年は続けて、この仕事に慣れることよ」

と小春が言った。桜子が黙っていると、

「桜子、あなたは確かに三つ四つの折りからお父つぁんの猪牙に乗り、この仕事はとくと承知と思うかもしれませんけどね、それは違うわ。いい、桜子自らが新米船頭というように、なにも知らないところからこの娘船頭を始めなさい。それが大事なことよ」

と懇々《こんこん》と言われた桜子は、

「よく分かりました」

と答えた。

「ならばこれをお願いね」

「はーい」

と返事をした桜子は、酒器一式を調《ととの》えて折敷《おしき》とともに運んでいった。

船宿さがみの一階の帳場座敷は、水がちょろちょろと流れる坪庭に面していて涼しげだった。

桜子が自分の前に折敷を置くのを待って、吉川町の鉄造親分が、

「桜子、親方から改めて話を聞いたが、おめえのほうの三人組、どうも素人に毛

の生《は》えた程度の猪牙強盗だな」

「わたしもそう思いました。だって、参拝客の大勢いる富岡八幡宮の門前で猪牙強盗なんてあまりにも愚かです。わたしが最初に堀に落とした船頭が逸り立ったせいで、あんな無様《ぶざま》なことになったんだと思います」

と桜子が答えた。そして、男衆ふたりの猪口に酒を注いだ。そこへ桜子の猪牙舟の後片付けをした広吉が姿を見せた。

「お父つぁん、ありがとう。いま持ってくるね」

と台所に下がった桜子は父親の折敷を帳場座敷に運んでいった。

「桜子、夕ご飯、少し後でいいかえ。吉川町の親分さん、話がありそうじゃないか」

「おかみさん、言い忘れておりました。富岡八幡宮の境内にある池の端の料理茶屋でお昼を馳走になったんです。わたし、夕餉は食べなくていいほど近江屋のお婆様に馳走になりました」

「お宮さんったら、よほど桜子が気に入ったのね」

「お婆様、若旦那の嫁にしようと思っておられたようです」

「えっ、おまえさんを若旦那のお嫁さんにね。で、どうなったの」

「いえ、近江屋の若旦那は薬研堀の若先生と幼馴染みでわたしのことも前からご存じのようで、お婆様にいきなりそんな話はないって断ってくれました」

「そうかえ。棒術の大河内小龍太若先生と近江屋の若旦那は、朋輩《ほうばい》だったのかえ」

「はい」

「そうか、桜子を若旦那の嫁にねえ。それでお婆様、諦めたのかい」

「あの口ぶりでは孝史郎さんにはお好きな女衆がいるように思えました。ひょっとしたら、本日の騒動話のついでに、若旦那がお店のお身内に本心を告げられるのではありませんか」

「おや、そんな話もあるのかい。娘船頭の初日にしてはあれこれと盛りだくさんなうえに、三人組の猪牙強盗までかい。大変な一日だったね」

と小春が言ったとき、帳場座敷から猪之助親方の声で、

「桜子、親分さんはおめえに聞かせたい話があるとよ」

と呼ばわる声がした。

「おかみさん、未だ娘船頭の初日の仕事は終わっておりませんよ」

三

帳場の男衆は、最前桜子が供した酒には手をつけていなかった。

「猪牙強盗だがな、ご時世かねえ、おめえが昼間相手にしたような素人のぶったくりが大半でな、船頭衆も気をつけているから、まず厄介な客は乗せなくなった」

と鉄造親分が桜子の顔を見ながら言った。

「ところがこれまで起こったぶったくりのなかで四件ほど厄介な猪牙強盗があって、南北の奉行所がお互いのところに届けられたぶったくりの手口を摺《す》り合わせたそうな。普通の探索では、南が月番で受け持った騒ぎを北に漏らすことはねえ。だが、こたびのぶったくりだがな、猪牙舟の船頭の金目当てとしてはいささかおかしいところがあるってんで、四件のぶったくりを両奉行所の与力・同心が顔を合わせて議論した。するとよ、分かったことがあった」

桜子はふだんの吉川町の親分が話す口調とは違っていることに気がついていた。

「おれは代々北町から手札を貰ってきてな、おれの旦那は北町奉行所定町廻り同心の堀米与次郎《よじろう》様と、桜子も承知だな」

「神田川の御作事奉行の屋敷の火付け騒ぎでお世話になりました」

「おお、そういうことだ。町奉行所のなかでもまず話の分かった旦那よ。こたびの猪牙強盗の一件でもわっしら御用聞きまで詳しい話が下りてくることはまずねえ。だがな、堀米の旦那がよ、娘船頭のおめえの身を案じて密《ひそ》かにおれに話をしなさった」

「鉄造親分、なんでも娘船頭が川向こうで手柄を立てたってな」

「へえ、わっしも最前耳にしました」

「あの娘にはなぜか騒ぎが寄ってきやがる。新しいことを始めようって者にはかような難儀が降りかかるものよ。これまでのところは桜子に運が向いているがよ、猪牙強盗も船頭の売上げを狙って襲う素人ばかりじゃねえ。厄介なぶったくりもある。それが、楓川の船宿高尾の船頭昭介《しょうすけ》らを襲った猪牙強盗だ」

「堀米の旦那、昭介って船頭は殺されて、猪牙舟に骸があったと言われませんでしたか」

と鉄造は問い返した。

「おお、言った。だがよ、鉄造よ、この猪牙強盗は船頭の金が目当てではねえんだ」

「えっ、金目当てじゃねえとすると、いったいどうして」

「おお、おれたち定町廻り同心の中でも関わった者しか知らねえ話だ。これまでの騒ぎのうち四件でな、いくつか決まった型があることを上から教えられた。まず金銭目当てではないことだ。今日見つかった船宿高尾の昭介の腹掛けには売り上げた二分ほどの金が残されていたそうだ」

「なんてこった。じゃあ、猪牙船頭の命をとることが狙いと仰《おつしや》るんですかえ」

「そういうこった」

「分からねえ」

と首を捻る鉄造親分に、

「おれも本日上役の与力から教えられた。四件ともに猪牙舟の船頭が立つ艫の辺りにぺたりと千社札《せんじやふだ》が貼られてあったそうだ」

「千社札ですかえ」

鉄造親分は初めて聞かされる話にいよいよ頭が混乱した。

「なんぞ千社札に認《したた》めてあったんで」

「百面相雷鬼左衛門とあったそうな。上役は与力細川《ほそかわ》様だが、いつもの口調とは違ってな、険しい顔で同心のおれに百面相の雷鬼左衛門の正体を暴けと命じられたのよ。おりゃ、百面相の雷鬼左衛門なんて初めて聞かされたのだ。これだけじゃいったいどこから手をつけていいか分からねえや」

「堀米の旦那、千社札に百面相なんとかって名前だけが刷りこんであったのですかね」

「いや、それがな、なにか都合の悪いことも刷りこんであったと思える。だが、こいつを承知なのは町奉行所でもごく限られたお偉方だけらしい。与力の細川様も仔細《しさい》は聞かされていないとみた」

うーん、と唸った鉄造親方が、

「旦那、ほかに手がかりになるようなことはございませんので」

「ちょいとおれの知り合いの陰の野郎に四件の猪牙強盗を調べさせたと思いねえ」

町奉行所定町廻り同心は、およその縄張りのある御用聞きと異なり、小伝馬町の牢屋敷の悪党どもまで広がるような手蔓《てづる》を持つ陰の探索方を抱えていた。

「するとな、四件ともに殺されたのは、船宿の稼ぎ頭というのが分かったのよ」

「どういうことですかね。殺しまでしておいて稼ぎ頭の売上げ金には見向きもしてねえ」

「だからよ、百面相の雷鬼左衛門の狙いは船頭風情の小銭じゃねえのよ」

「公儀を脅してやがるので」

「おれもその筋かと思わざるを得ねえな」

「となると旦那やわっしらじゃ手も足も出ねえ」

鉄造の言葉に堀米与次郎がしばし間を置いた。

「吉川町の鉄造さんよ、これまでの四件の殺しが前座だったとしたらどうなる」

わざわざ手札を渡してある配下の御用聞きに「さん」と敬称をつけるのは堀米同心が緊張しているときだ。

「船頭を四人も殺しておいて前座ですかえ。となると真打ちはだれですね」

「しっかりしねえか。柳橋にはいまや売れっ子がいるじゃねえか」

「ああー、まさか新米の娘船頭ってことはありませんよね」

「桜子が駆け出しってのはだれもが承知のことだ。だがよ、江戸じゅうの船頭をひっくるめたって、ひょろっぺ桜子に敵《かな》う売れっ子はいめえ」

「なんてこった。なんで百面相の雷なんとかなんて野郎に桜子が狙われなきゃあ、ならないんで」

「鉄造、おれに聞くねえ。そいつに聞くんだな」

と堀米同心が言い放ち、

「鉄造さん、こいつをおめえに渡しておこう。ただし、本物じゃねえぜ」

と千社札の写しを渡した。

「……これがよ、堀米の旦那から聞かされた話だ。猪之助親方よ、ちょいとばかり桜子を娘船頭として世間に披露するのは早過ぎたんじゃないかね」

「吉川町の親分さんよ、猪牙強盗が娘船頭に関わってくるなんて、わっしら夢にも考えなかったんで。どうしたらいいな、広吉の父つぁんよ」

と猪之助は、最後は桜子の親父、さがみの船頭頭に質した。

「どうするって、いわれてもよ」

と広吉が呟き、娘を見た。

「お父つぁんと同じ船頭が四人も百面相の雷鬼左衛門に無残に殺されているのよ。こんな脅しを恐れてせっかく得た娘船頭の仕事を放り出すなんて、わたし、できないわ。そんな自分を決して許せないもの。わたしはこの仕事を続けます。おかみさんが流し仕事はまだ早いといったけど、百面相なんて人殺しと出くわす機会が増えるなら、明日から流しもやらせてくださいな、親方、お父つぁん」

と桜子は一気に喋った。

その上気した言葉を聞いたこの場の全員が黙り込んだ。

長くて重苦しい沈黙ののち、父親の広吉が、

「桜子、おめえの気持ちは分からないわけじゃない。だがな、こんな手合いは人を殺すとなると、どんな手でも使ってやってのけよう。薬研堀の棒術道場で少しばかり武術をかじったからってうぬぼれるんじゃない。

ここにおられる親方も吉川町の親分さんもおめえのことを案じておられるんだ。いいか、おめえが軽はずみなことをすれば、船宿さがみにも鉄造親分さんにも迷惑がかかる。まず、この一件、餅は餅屋、町方役人やら親分方にお任せするんだよ。分かったか」

「お父つぁん、分からないわ」

ふたたび沈黙が場を支配した。

「ならば、親のおれから親方に願って娘船頭の仕事を取り消してもらおうじゃねえか」

と広吉は先ほどまでの穏やかな表情を捨てて険しい口調で言い切った。

「広吉さんも桜子も落ち着きねえな。まずはおれたちが、百面相の雷鬼左衛門ってえ輩《やから》を調べ上げる。相手が何者か分からないまま動くのはよくねえ」

「親分、なんぞ探索の目途《めど》がついているのでございますか」

猪之助親方が鉄造に尋ねた。

「いや、正直、これといった手立てはねえ。だがな、この話をおれが聞かされたのは、ついさっきのことだ。これからおれなりに動いてみる」

と鉄造は言ったが、堀米同心から預かった千社札の写しについてこれ以上触れることはなかった。そのうえで、

「娘船頭のおめえに相談だ。いいか、最前の親父さんの話は理に適《かな》ってる。おまえはしばらく流しなんぞやらずに、さがみのお馴染みのお客さんだけの御用を務めねえ。船宿さがみでもそう望んでいなさるのよ。そのあたりを分かって欲しいのだ。どうだ、桜子」

しばし無言で沈思《ちんし》した桜子がこくりと頷き、

「親分さんの前で生意気言ってすみませんでした。娘船頭として親方やおかみさんの言い付けを守ります。お父つぁん、それでいい」

と広吉に視線を向けると父親も無言で首肯した。

翌朝のことだ。

船宿さがみの住み込み奉公の船頭衆が寝起きする部屋の一室に泊まった桜子は、父親の寝ている傍らからそっと起きて台所に行った。すると大勢の奉公人を抱えた船宿さがみの台所では女将の小春を筆頭に女衆が朝餉の仕度を始めようとしていた。

「おや、まだ早くないかえ」

と小春が質した。

「おかみさん、薬研堀の大河内道場へ朝稽古に行って、ひと汗掻いてきたいのです」

昨夕の鉄造親分らと桜子の問答を猪之助から聞かされた小春は、桜子がもはや馬鹿げた真似はしまいと考え、

「ならば自分の猪牙を使って薬研堀に行くんだね」

と許しを与えた。

うっすらと靄《もや》が立ちこめた神田川の柳橋から大川に架かる両国橋を潜り、薬研

堀の口に架かる小さな難波橋を抜けて堀の突き当たりの船着場に猪牙舟を舫った桜子は、艫に立てた六尺棒を抜くと吹き流しを外し、手慣れた稽古用の棒を携えて片番所付の門を潜った。すでに何人かの若手門弟衆が道場の拭き掃除を始めていた。

桜子も急いでその列に加わった。すると掃除をなす門弟衆の間にいた若先生の小龍太が桜子を見て、

「どうしたな、桜子、稽古に参ってもよいのか」

と言いつつも嬉しそうな顔で声をかけてきた。

「あれこれとございまして、気分をすっきりさせようと稽古に参りました」

「おお、近江屋の孝史郎さんがうちに見えて、そなたの勲しを告げていったぞ」

「そうでしたか。孝史郎さんとお宮様にわたしの猪牙舟を使って頂きました」

「だそうだな。そなたは娘船頭として世間によくも悪くも注目されておるから、しばらくはあれこれと起ころう。たまには無心になるのも悪くない。掃除のあと、稽古を致そうか」

「はい、お願い申します」

やがて掃除を終えた桜子は一同とともに神棚に拝礼して、稽古を始めた。

小龍太と桜子は六尺棒を構え合うと視線を交えた。

「ご指導願います」

と言うや桜子の六尺棒が攻めに入った。若先生に向かって攻めるのは門弟たる桜子の務めだ。幼い折りから十年近く稽古を積んできた桜子は、いきなり棒術の基《もとい》たる攻め技を繰り出した。

この数日でざわついた心を鎮《しず》めるためにだ。だが、女門弟の攻め技が性急なことを即座に見抜いた小龍太が、

「待て、待ちなされ」

と稽古を止めた。

両人して得物の六尺棒を床に置くと、その場に正座した。そして呼吸をゆっくりと繰り返した。そんな動作に桜子は雑念を忘れて稽古に没頭する気持ちを思い出していた。

「若先生、申し訳ございません」

「桜子、道場にいったん足を踏み入れたならば稽古に集中せよ。よいか」

「はい」

と小龍太の忠告を聞き入れた桜子は気持ちを切り替えて立ち上がった。

身の丈六尺余と五尺六寸の両人の打ち合いは、大河内道場のなかでも雄壮な動きと緩急自在な技の出し入れで見ごたえがあると、道場主の大河内立秋老も認めていた。稽古が再開されて桜子は無心に香取流棒術の棒遣いに没頭した。

半刻を過ぎたか、受けに回っていた小龍太は不意に攻めに転じた。阿吽《あうん》の呼吸で察した桜子は攻めから守りに転じた。小龍太の棒がどこから飛んでくるか、雑念を払わねば相手の攻めを受け止められなかった。

無念無想。

ひたすら受けた。もはや桜子の脳裏に雑念はない。小龍太の棒の動きに対応し続けた。

小龍太が攻めを止めて六尺棒を立てた。

「どうだ、それがしとの稽古は」

「はい、無心になる喜びを思い出しました」

「稽古が終わったあと、少し暇があるか。話を聞かせよ」

と小龍太が命じて打ち合い稽古が終わった。

「ありがとうございました」

と頭を下げた桜子は道場の隅に行き、独り稽古をゆったりと続けて呼吸を整えた。

四半刻《しはんとき》（三十分）後、小龍太が薬研堀の船着場まで桜子を送って出てきた。

「なんぞ新たな厄介ごとか」

小龍太の問いに頷いた桜子は、

「立ち話もなんでございます。猪牙の胴の間にお座りになりませんか、若先生」

「おお、そうさせてもらうか」

と猪牙舟に乗り込むと腰を下ろした。桜子は小龍太から一間ほど離れた艫側に座ると、吉川町の鉄造親分からもたらされた話を始めた。鉄造は昨日、この話はこの場だけにしてくれと願ったが、桜子は別れ際に親分に、

「大河内の若先生に相談するのもダメですか」

と尋ねていたのだ。

「若先生は、桜子の棒術の師匠、それにおれの耳にはおまえさん方ふたりがいい仲だって噂も入ってきてらあ。おめえが迷った折り、真っ先に相談するのが若先生だよな。しょうがねえ、おめえさんが若先生に話すことをおれは知らなかったことにしよう」

と鉄造親分は黙認を約定してくれた。

そんなわけで小龍太のほかはだれにも話を聞かれない薬研堀に舫った猪牙舟で、桜子は昨夕、船宿さがみで鉄造親分が話したことを克明に告げた。

話を聞き終えた小龍太は長いこと無言で考えていた。

「猪牙強盗に妙な輩が加わったか。百面相の雷鬼左衛門なんておどろおどろしい名だが、当然偽名であろうな」

と漏らし、

「桜子、なにが気にかかるな」

「北町の定町廻り同心堀米与次郎様が申された言葉です」

「桜子、ただいまのそなたはほかの船頭が束になっても敵わない。だからこそ百面相とやらが次に狙う船頭は、娘船頭のひょろっぺ桜子にちがいないという考えか」

「はい」

「そなた、百面相をこの猪牙舟に誘い込もうと考えたか」

「はい。でも、お父つぁんや鉄造親分の考えを聞き入れ、しばらくはさがみのお馴染みさんだけを相手に船頭稼業を続けます」

「それがしもそれがいいと思う」

と小龍太が言い切った。

「だがな、百面相の雷鬼左衛門とやらがそなたに狙いを付けたとしたら、よしんばさがみの馴染み客を相手に稼業を続けていたとしても、容易く諦めるとも思えぬ。必ずそなたの前に姿を見せよう。いや、すでにそなたも承知の者かもしれんぞ」

「えっ、わたしがこれまで会った人のなかに雷鬼左衛門がいると小龍太さんはいうの」

「百面相を自称している悪党だ、次に桜子の前に姿を見せたときには、違った人相であろう」

「厄介ね。どうすればいいの、小龍太さん」

「大事な弟子をそう易々《やすやす》と殺されてたまるものか。それがしにできることはないか」

と小龍太が考え込んだ末に、

「桜子、いいか、軽々《けいけい》に独りで動き回ってはならぬ。油断することなく船宿さがみの常連客を相手にしておれ」

と強く念押しした。

四

同日同刻。

吉川町の鉄造親分と手下の若い衆、江三郎《こうざぶろう》のふたりは内藤新宿仲町《ないとうしんじゅくなかちょう》の、絵師が本業の井戸倉宋湛《いどくらそうたん》の画房を訪ねていた。宋湛は千社札の研究家にして斬新な作り手でもあった。

鉄造は先代の亡父の供で井戸倉宋湛に目通りしていた。十七、八年も前のことだ。駆け出しだった御用聞きの跡継ぎは、宋湛が何者かさえ、知らなかった。

柳橋の吉川町から内藤新宿に向かう道中、先代も、

「宋湛がどれほどの絵描きか、おれも知らねえ。なんでも枕絵《まくらえ》を描かせたらなかなかのものらしい。おお、枕絵たあ、男と女が絡み合う絵よ。いいか、先方にいったら、一切口を利くな、変わり者の絵描きを怒らせたくねえ」

と半人前の倅《せがれ》に言ったものだ。

その折りの宋湛との面会が父親の探索に役立ったのかどうかも覚えていない。

ただ、千社札には滅法詳しかったことを鉄造は記憶していた。

堀米の旦那も先代が宋湛について話したことを覚えていて、跡継ぎの鉄造に千社札の写しを預けたのかもしれなかった。

内藤新宿仲町のなかでも「裏町《うらまち》」と呼ばれる一帯にある古びた一軒家の画房は、玉川《たまがわ》上水に接していまも在《あ》った。そして、宋湛も存命で、なんと鉄造のことを覚えていた。

「親父さんはどうしたな」

「へえ、流行《はや》り病《やまい》で身罷りました。暮れには十三回忌を迎えます」

と言った鉄造は、用意していた紙包みを差し出した。それをちらりと見た宋湛が、

「先に死ぬのはわしと思うたが、おまえさんの親父のほうがな」

とぼそりと言い、

「まさか枕絵を買いにきたわけではあるまい」

と用件を催促した。

ひょっとしたら、自分の知らぬ付き合いが宋湛と亡父にはあったのかもしれないと鉄造は思った。

「この千社札を見ていただきたいんで」

と堀米同心から預かった千社札の写しを差し出した。

傍らの竹籠から天眼鏡《てんがんきょう》を摑み上げた宋湛が、

「なに、百面相雷鬼左衛門、だと。何者か」

鉄造は差しさわりのない程度に猪牙強盗の一連の騒ぎを語った。すると頷いた宋湛が、

「この千社札、写しじゃな」

とひと目で見破った。

「へえ、写しにございます」

「なにが知りたい」

「この千社札を造った人物に心当たりはございませんかえ」

との鉄造の問いにちらりと膝前の包みを見た宋湛が、いくら入っておる、と質した。

「一分でございます」

「世知辛《せちがら》いな、二分でどうだ」

と言うと、

「宋湛様、なかをお調べください」

と鉄造が堂々と応じた。

初めて紙包みを摑んだ宋湛がにやりと笑い、

「あの親にしてこの子ありか」

と得心すると、

「回向院《えこういん》の裏手、本所松坂町《まつざかちょう》に千社札造りの独り者が住んでおるわ。名は麦秋《ばくしゅう》、平泉《ひらいずみ》麦秋じゃ。わしよりひと廻りほど若いゆえ、まだ生きていよう」

「宋湛様は、麦秋さんをとくと承知でございますか」

「わしと麦秋はあるお方の兄弟弟子よ」

「なにか伝えることはございますかえ」

「わしが言えた義理ではないが、かようなことをしているとしたら麦秋もよい暮らしをしているとは思えぬな。わしは老醜を晒していたと伝えよ。ともあれ今晩はまともな酒が飲めそうな」

これが宋湛の別れの言葉であった。

娘船頭の桜子は柳橋から山谷堀今戸橋際の船宿八丁《はっちょう》に一人《いちにん》の武家方を送ってい

くことになった。親方の猪之助からは八丁の光助《こうすけ》親方に文を渡すように命じられていた。

「あちらからお客人を乗せてもようございますか」

「それは八丁の親方が決められることだ。親方が馴染み客はないと申されたときは、独りで柳橋に戻ってこよ」

との返事に、そのことが文に認められているようだと桜子は察した。

客人は大身旗本の御用人とか、好々爺《こうこうや》然とした五十路《いそじ》を越えたと思しき人物であった。

「おお、そなたが評判の娘船頭か」

「桜子と申します」

うむ、と頷いた客は見送りの小春に、

「野暮な用向きの客ゆえ、さがみではこの界隈で評判の娘をつけおったか」

「倉林《くらばやし》様、男船頭に替えますか」

「吉原に行っても年寄りの留守居役《るすいやく》やら御用人との堅苦しい談義ばかりじゃぞ。娘船頭に送られる幸運を手放してなるものか」

と倉林御用人が小春の冗談を受け流した。

大川に出たとき、

「そなた、棒術の遣い手じゃそうな」

「お武家様方の修行と違いまして、わたしの場合、遊びにございます」

「遊びのう。香取流棒術の大河内立秋が、娘とは申せ、遊びの門弟など許すものか」

と言い切った。

桜子は無言で受け流し、櫓の漕ぎ方に集中するふりをした。

「ただいま、江戸では猪牙強盗が横行しているそうな。棒術を承知とはいえ、娘のそなた、不安ではないか」

「仕事でございますゆえ、不安などと言っておられません。船宿の親方やおかみさんが却《かえ》って気にされて、当座はお武家様のようなお馴染みで信用できるお客様をお送りする仕事だけを命じられております」

「その口調、なにやら物足りぬように聞こえるぞ」

「いえ、近ごろではわたしの御先達の船頭衆が何人も殺《あや》められたとか。一日も早く猪牙強盗などなくなるとよいのですが」

しばし沈思していた相手が、

「こたびの吉原での談義、そなたの難儀と関わりがなくもない」

とぽつんと告げた。

「お武家様は公儀の御目付方にございますか」

「いや、老中支配下、さる勘定奉行の筆頭用人を務めておる。そのほう、勘定奉行と聞いて分かるか」

「いえ」

と桜子は首を横に振った。

「こたびの猪牙強盗と関わりがありますので」

「ある」

と小春に倉林と呼ばれていた勘定奉行筆頭用人は明言した。しばし間を置いた桜子は、

「うちのおかみさん、お武家様が猪牙強盗と関わりのあるお方と承知でわたしに船頭を命じたのでしょうか」

「いや、船宿の連中は一切知らぬ。それがしがいうたこと、そのほうの胸に仕舞っておけ」

と言い添えた。

今戸橋の船宿に着くと、倉林は、

「桜子とやら、半刻、いや、一刻、この船宿で待てるか。帰りもそなたの舟で柳橋まで送ってもらおう」

と命じた。

倉林が町人が使う辻駕籠に平然として乗って土手八丁《どてはっちょう》を吉原へと向かうのを見送りながら、桜子は最前うかつにも漏らした言葉を気にかけて帰路も桜子の猪牙舟を使ってくれるのかと推量した。

桜子が文を船宿八丁の親方に渡すと、なかを読んだ親方が、

「猪之助親方の文は要らなかったな、桜子」

と言った。やはり今戸橋からの帰りのことに触れてあったようだ。

船宿八丁も父親の猪牙舟に乗って幾たびも立ち寄っていた。だが、この十年ほどは訪れたことはなかった。

「桜子、娘船頭として売り出したな。なによりなにより」

と光助親方が褒めてくれた。

「親方、売り出したのではありません。娘船頭がもの珍しいというので読売が取り上げてくれただけです」

「いや、広吉さんの娘ならさようなことで有頂天にはなるめえ。なにより船頭稼業は親父から五体に叩き込まれているわ。いいか、猪牙強盗なんぞを恐れず、地道に仕事に励め」

「ありがとうございます」

と言った桜子は山谷堀の河原に下りて今戸橋の下に行き、舟から持ってきた六尺棒を手に、棒術の独り稽古に励むことにした。

そんな様子を昼見世に向かう客が見ていたが、桜子はひたすら香取流棒術の基の技をくり返すことに没頭した。

どれほどの刻《とき》が経過したか。

近くから棒術の稽古を見守る視線を感じた桜子は、動きを止めた。すると船宿の前の河岸道から倉林が見下ろしていた。

「お待たせ申しましたか。御用は早く済んだようですね」

と桜子が言うと、

「いや、一刻は過ぎておるわ」

と河岸道から河原に下りてきた倉林が、

「さすがは大河内立秋よのう。娘のそなたに見事な棒術を教え込んだわ」

「お武家様は大師匠をよくご存じなのでしょうか」

「おお、それがしと立秋老は囲碁《いご》仲間でのう。若き日の香取流棒術の立ち合いを見たこともある。そなたの動きは立秋老の若き日を彷彿《ほうふつ》とさせたわ」

桜子は彷彿という言葉を知らなかったが、褒め言葉と受け止めた。

「わたし、七つ八つのころから薬研堀の道場に通い始めました。幼い娘というので大先生は跡継ぎの若先生といっしょに香取流の棒術の基から丁寧に教えてくださいました」

「読売でそのほうのことを読んだ折り、立秋老は娘の門弟までとっておったかといささか驚いたが、なんのなんの、そなたの修行が並大抵のことではないと分かった」

と倉林が言い切り、桜子は猪牙舟に倉林を乗せた。

「八丁の親方、ありがとうございました。そのうちまた寄せてもらいます」

「おお、そうしな。うちの馴染み客しか桜子の舟には乗せないからよ」

と見送りの言葉を受けて猪牙舟を大川へと出した。

「お送りは柳橋まででようございますか」

「いや、日本橋川の突き当たり、道三堀《どうさんぼり》の伝奏《てんそう》屋敷まで送ってもらおう。場所が分かるか」

はい、と短く返事した桜子に、

「歳は若いが父の助《すけ》船頭役は十年以上にもなろうか。江戸八百八町はとくと承知と見える」

と倉林が感心した。

猪牙舟が流れに乗ったとき、

「最前、申してはならぬ言葉をつい口にした」

「お武家様、最前の独り稽古で流した汗とともにみんな忘れてしまいました」

ふっふっふ、と小さな笑い声を漏らした倉林が、

「さすがは大河内立秋の育てた弟子よ。事の是非を承知しておるわ。そなたが稽古で忘れたというで安心した。歳をとると口も軽くなるわ。それにしても近ごろのそれがしは、独り言を漏らすようになってな」

「えっ、お武家様が独り言を申されますか」

「おお、猪牙に揺られて川風を受けておるとな、つい漏らす」

と言い出した。

桜子は往来する大小の荷船や猪牙舟を躱《かわ》しながら大川を下っていった。

倉林は風に吹かれて気持ちよくなったか謡《うたい》らしきものを口ずさみ、さらに何事か告げ始めた。

どうやらこれが「独り言」かと思った。そして、それが猪牙強盗の正体に触れていることを察した桜子は、独り言と称して桜子に聞かせる言葉だと確信した。

江戸城近く、公儀の老中や重臣が住まいする道三堀の一角、評定所《ひょうじょうしょ》前の公事《くじ》人腰掛《にんこしかけ》の近くの船着場に舟を泊めた。

「桜子、また会おうぞ」

「はい、いつなりとも御用相務めさせて頂きます」

と言うと娘船頭は猪牙舟の舳先を回した。

同日昼下がり八つ半（午後三時）過ぎ、吉川町の鉄造親分と手下の江三郎のふたりは回向院裏本所松坂町の絵師、平泉麦秋の古びた裏長屋を訪ねていた。棟割《むねわり》長屋六軒に住んでいるのは麦秋ともう一軒、千石船から荷下ろしをする人足夫婦だけだった。

長屋で洗濯物を取り込む女はこめかみに梅干しを貼り付けていた。

「すまねえ、この長屋に絵師の平泉麦秋が住んでいると聞いてきたんだがな」

「先生ね、このところ見かけないね」

棟割長屋の反対側を指差した。

「長屋の家主はだれだえ」

「おまえさん方、何者だい」

と女が質し、鉄造が懐から短十手を出してみせた。

「御用聞きの親分さんかえ。麦秋先生がお上《かみ》に厄介をかけるとも思えないがね。杖《つえ》がないと長屋からも出ていけないよ。飲む酒があれば生きているよ」

と言う女に、

「長屋を訪ねてみよう」

「長屋の家主は麦秋先生だよ。腰高障子《こしだかしょうじ》に大きな千社札が描かれているからすぐ分かるよ」

確かに日に焼けた障子に縦一尺数寸の千社札が描かれ、下半分には麦秋らしい老人が頭を下げて客を迎える様子が、そして上半分には、

「金運招来千社札造
名人絵師平泉麦秋」

と貧乏長屋に似合わぬ立派な字で認められてあった。

「内藤新宿の井戸倉宋湛より、こちらの内所は苦しいらしいな」

と腰高障子を開けようとした鉄造親分が、ううーん、と手を止めた。

「親分、どうしたね」

「臭《にお》わねえか」

「なんですって」

と障子の前に近づいた江三郎が、

「こりゃ、まずいな。酒も飲めないんで首でも吊《つ》りやがったか」

と腰高障子を開けた。だが、絵師麦秋は首吊りではなかった。仕事場の板の間の血の海に転がった骸を夏の光が浮かび上がらせた。

「自裁じゃねえや。突き殺されてやがる」

胸に仕事道具の鑿《のみ》が突き立っていた。

「江三郎、堀米の旦那に御注進だ。おりゃ、相店《あいだな》の女に話を聞いてみよう」

と鉄造が命じた。

第四章　千社札の謎

一

盛夏の陽射しが大川の向こうに大きく傾いて日が沈もうとしていた。

本所松坂町の絵描き平泉麦秋の長屋の最後の住人、荷下ろし人足のヒデ（としか当人も女房も名を知らなかった）が長屋へ戻ってきて、井戸端でまっ裸になり、水浴びをしようとした。そして、

「おい、亭主が戻ってきたんだ。いつもの習わしを承知しているだろ。褌《ふんどし》くらい持ってきな」

と大声で叫んだ。

「あいよ。持っていってもらうよ」

と女房が応じて、鉄造が洗い立てと思しき褌と手拭いを手に、ほれ、と差し出すと、振り返ったヒデが、呆然として立ち尽くした。力仕事だけに頑丈な体をしていた。

「おめえは、な、なんだ。女房の男《いろ》か」

「まあ、裸じゃ話になるめえ。水浴びを終えねえ。おれは川向こうの柳橋界隈で一家を構える御用聞きの鉄造だ」

「な、なに、御用聞きがおれの女に目をつけたか」

「おまえさんのかみさんがいい女でもよ、この暑さだ、そんな気にはならねえよ。店子《たなこ》だか、大家だかの麦秋が死んだんだ。いま北町奉行所の定町廻り同心の旦那が姿を見せらあ」

「はあっ、麦秋の爺さんがおっ死んだって」

ヒデは慌てて水浴びを終えて、手拭いで体を拭い、褌を身につけた。

「死ぬほど酒を飲む金は持ってなかったがな。まさか腹へらしておっ死んだか」

「殺しだ」

「はあっ」

と振り返ったヒデが、

「おりゃ、爺さんを殺すほど暇じゃねえぜ。ほかをあたりな」

「殺してねえな」

「殺すほどのタマじゃねえよ。ほっといたっておっ死ぬ爺さんだ」

「殺されて二日は経《た》っていよう。最後に会ったのはいつだ」

「十日ほど前かな、厠《かわや》からよろよろ出てきたな」

「おまえさんの女房もそう言った。金が入ったか貧乏徳利に酒を買ってきたそうだ」

「おお、あの日、爺さんの部屋に珍しく千社札を頼みに来た客がいたんだ。おれもちらりと見たが、この界隈では見かけない娘々した若え女だったな。その女がいつ千社札を受け取りにきたのかは知らねえや。このところ佃島《つくだじま》沖に立て続けに弁才船《べざいせん》が上方《かみがた》から入ってな。朝早くから仕事でよ。このぼろ長屋のことはおれより女房が詳しいぜ」

ヒデの言葉に頷いた鉄造は話柄を変えた。

「この長屋の持ち主は麦秋だとおまえのかみさんが言ったが真《まこと》かえ」

「て、聞いてよ、店賃《たなちん》を払っていたがよ、なにせこのぼろ長屋だ。次々に店子が出ていき、残ったのはおれたち夫婦だけだ。爺さんも店賃のことは忘れちまったか、ここ何年も催促もねえ。あの爺さんがよ、ぼろ長屋にしても持っているのがおかしいやね。とっくの昔に酒代に消えていたとしても不思議はねえ」

「若い娘のような客がどうして千社札を頼んだって分かったんだ、ヒデさんよ。そんな娘なら金のために麦秋に枕絵を描かせるとも考えられないか」

「親分さんよ、あの女だがな、銭には困ってねえよ。姿もいいが形《なり》も長屋住まいの娘の形と違わあ。川向こうの江戸のなんのなにがしって呉服屋でよ、誂えたような絹物だったぜ。ただな……」

とヒデは黙り込んだ。

「あの女、只者《ただもの》じゃねえな。眼差しがよ、男のおれを刺し殺すような目付きだぜ。ああ、そうだ、あの女が千社札を取りにきて殺したとしても不思議じゃねえ」

ヒデの女房のかよも同じ感想を鉄造に語っていた。

「親分さんよ、おめえさん、千社札の造り方を承知か」

「うむ、まあな」

内藤新宿の井戸倉宋湛の画房でざっと説明を受けたが、その程度のことは鉄造も前から承知していた。ヒデは鉄造の返事をどう解釈したか、

「千社札はよ、元々銅板で造ったそうだ。それがよ、紙になった。むろん木製の

版木をこさえてよ、その版木で刷るのよ。爺さんの話によるとな、ふつうの千社札は一丁札《いっちょうふだ》といって、紙の幅が一寸九分（五十八ミリ）、高さが五寸七分（百七十三ミリ）のものだ。若い娘が麦秋の爺さんに頼んだのは、珍しいことに千社札の裏表に刷り込めって注文だったそうな。そのうえ、並みの客は千社札を何枚かほしいだけ刷ってもらって銭を払って終わりだ。ところがよ、その女客は版木ごと寄越せと言ったそうな」

「ほう、厄介な注文だね」

「爺さんにとっては厄介なものか、裏表だろうが珍しい注文ほど銭になるのさ。だがよ、麦秋爺さん、強《したた》かよ。あっさりと断ったのよ。客は必ず注文を繰り返す。その折り、高く売りつけようとしてのことよ」

銭になるどころか命を失う悲劇に見舞われることを予測してなかったようだと、ヒデの話を聞いて、鉄造は思った。

荷下ろし人足のヒデは話好きのようで、褌ひとつで話を続けた。

「その版木造りよ。裏表の妙な千社札となると、版木の手間は倍かかるな。爺さんめ、これでしばらくは酒が飲めると威張ってやがった。版木をつくるのに十五日はかかると言っていたが、客はそこを二、三日で仕上げろといったそうだ」

「おまえさん、千社札造りにえらく詳しいな」

「まだ、爺さんが元気だったころ、酒を飲みながらあれこれと喋ってくれたからな」

とヒデは麦秋との付き合いがそれなりにあったと告げた。

「ところでな、爺さんが殺されたとなると、この長屋はおれのものか」

とヒデが都合のいいことを言い出した。

「麦秋が長屋の大家だったかどうかを確かめねえとな。この界隈の町名主はだれだえ」

「そりゃ、一丁目の米谷《よねや》って雑穀屋だな」

「あとで聞いてこよう」

というところに江三郎が北町奉行所定町廻り同心堀米与次郎一行を案内して姿を見せた。

どうやら御用船を竪川の河岸に泊めてきたらしい。小者《こもの》たちに提灯を持たせた堀米同心が、

「鉄造親分、猪牙強盗と関わりがありそうかえ」

とまず質してきた。鉄造は、ヒデに、

「おまえさんとかみさんにはよ、北町奉行所の同心の旦那があとで聞くことが出てくるかもしれねえや。部屋にいねえな」

と褌ひとつのヒデを部屋に帰した。むろんこれからする話を聞かれたくなかったからだ。堀米同心を長屋の奥にひとりだけ連れていった。

「へえ、まずこの長屋の唯一残っている店子、ヒデとかよ夫婦に聞いたところ、十日も前に只者ではねえ、強盗の一味と思われる若い女が千社札を麦秋に頼んだそうなんで。

旦那がお出でになる前に目途だけでもつけておきたいと麦秋の部屋をざっと調べましたがね、何者かがひっかき回した跡がありましたがな、女が頼んだという裏表刷り用の版木は見当たりませんや。持っていったかもしれねえな」

「絵描きだか千社札造りだか知らねえが爺様はえらい厄介に見舞われたもんだな。例の猪牙強盗と関わりがあるのかないのか」

と堀米同心が首を捻り、

「旦那、妙な千社札を頼んだ女は金になると踏んだ麦秋爺は、出来上がった版木で見本刷りした千社札を一枚、画房の神棚に隠しておりましたんで。例の猪牙舟の艫に貼られた千社札と同じものでしたぜ。もっともわっしが旦那から見せられたのは裏だか、表だかの写しでしたがね」

　と鉄造は懐から見本刷りを出しながら、

「堀米の旦那は表裏を承知ですかえ」

「おりゃ、おまえに渡した写しだけしか知らねえや」

「ならばこれはどうです」

　と北町奉行所定町廻り同心に差し出して見せた。

　堀米与次郎がまず、

「百面相
　雷鬼左衛門」

　とあるほうに視線を落とした。

「本物となるとなかなか凝ったものだな」

　と感想を漏らす堀米同心に、

「こちらはどうです」

　と反対側を見せた。

　定町廻り同心が凝然《ぎょうぜん》として言葉を失った。

「こいつは金になるどころではねえ。命を失うことになりやがった」

「へえ、麦秋爺は厄介な女を客にした。大金どころか命を失うことになりやした。骸をご覧になると分かりますが、残酷無残な拷問《ごうもん》を受けた末におそらく爺さんは隠し場所を吐くことになった。その一味に版木と千社札、そして命まで奪われちまった」

堀米同心がしばし沈思した。

いつの間にか回向院の裏手松坂町一丁目のぼろ長屋は夕闇《ゆうやみ》に包まれていた。

「鉄造、念押しするぜ。百面相の雷鬼左衛門と関わりのある娘々した女が、つまりは猪牙強盗一味がこの長屋に姿を見せて、千社札を頼んだとみていいんだな」

「間違いねえと思いませんかえ。平泉麦秋爺さんは、えれえ相手に見入られた。殺しもその女か仲間がやったとみてようございましょう。堀米の旦那、この暑さだ、長屋は蛆虫《うじむし》がわくほどひでえ有様《ありさま》ですぜ」

「致し方ねえ、これがわれらの仕事だ。済まそうじゃないか」

「へえ」

と堀米同心を頭にした一行は絵師にして千社札造り職人平泉麦秋の画房に向かった。

鉄造らはまず手拭いで鼻と口を覆い、腰高障子を開けると、むっとした暑さとともに死臭が襲いかかってきた。

堀米同心は小者たちを呼んで提灯の灯《あか》りで殺しの現場を照らさせた。が、三人のうちひとりが惨劇の場をちらりと見て、

「うっ」

と呻《うめ》くと表に飛び出していき、長屋の敷地の一角で嘔吐《おうと》している気配がした。

その小者の提灯を鉄造親分の手下の江三郎が携えて狭い現場に姿を見せた。

ふたたび提灯ひとつが加わり、検視が始まった。

定町廻り同心として長年殺しを見てきた堀米にしてもこれほど凄惨《せいさん》な現場は見たことがなかった。

手拭いで覆った鼻と口をさらに手で押さえた堀米同心は、まず平泉麦秋の死体に提灯の灯りを近づけて調べた。麦秋の骸には口に猿轡《さるぐつわ》がかまされて叫び声が漏れないようにしてあった。

これまでの猪牙舟の四人の船頭は、たったひと刺しで殺されていたが、麦秋は千社札の版木を隠していたために、酷《ひど》い拷問を受けたようだ。

北町奉行所定町廻り同心堀米与次郎の調べは四半刻ほどで終わった。

画房を兼ねた住まいを出た堀米同心と鉄造親分のふたりは長屋の井戸端に行き、

手足と顔を洗った。

「わっしらには、麦秋爺の災難がのしかかっているんじゃございませんかえ」

「ああ」

と短く返事をした堀米同心が、

「鉄造、おまえは確かに千社札造りの平泉麦秋の骸は見つけた。だがな、おれのふところにある表裏刷りの千社札の見本刷りは見たことも触ったこともねえ。そうだな」

と念押しした。

「だとすると、どうなるんで」

「これまで猪牙強盗に四人の船頭が殺されたな。その舟にはおれの懐にあるのとおなじ千社札が残されていた。ゆえに町奉行や公儀の上つ方はすでに千社札の表も裏も承知だ。となると、おれたちがこの一枚を北町奉行小田切様に差し出したところで、なにかが変わるかえ」

しばし考えた鉄造が首を横に振り、

「変わりませんな」

と言った。

「明日には北町奉行の正式なお調べが始まりますな」

「おお、おれが鉄造、おまえの報《しら》せにこの場を見た以上、立ち会うことになる。だが、おりゃ、それ以上のことは知らねえ」

「と、惚《とぼ》けなさるので。平泉麦秋は殺され損ってことですかえ」

「そういうことだ」

「わっしらはこの殺しに目を瞑るんですね」

御用聞きの鉄造親分の言い方には怒りがあった。

「鉄造、おりゃ、三十俵二人扶持《にんぶち》の同心だぜ。公儀のお偉方の諍《いさか》いに加わる気はねえ」

「そいつは重々承知でさ。だが、雷鬼左衛門が何者か知りませんがね、そいつがこのままおとなしくしておりましょうかね。五人目、六人目の猪牙船頭の命が奪われませんかねえ。いや、わっしの気がかりはこの長屋の住人のヒデとかよの夫婦でさ。存外麦秋爺様のことを承知していた。いや、娘々した女を夫婦ふたりして見ている」

「鉄造、おれたちがすべきことは猪牙船頭の命もさることながら、あの夫婦ふたりの命を守ることだな」

「それでこそわっしに手札を授けてくれた旦那だ」

親分の顔から怒りの表情が消えていた。

「北町奉行所に報告するのは今夜だが、公の検視は明日だ。それまで暇がいくらかある。あの者たちを守る方策を鉄造、もはや考えているのではないか」

「へえ、まずあの夫婦を得心させなきゃなりませんや、この長屋に住んでいるのは危ないとね」

「会おうか」

「へえ、会いましょうか。まさかとは思うが麦秋への残酷な仕打ちを見ると、この長屋にやつら、見張りを残しているなんてことはありませんかね」

鉄造の考えを聞いた堀米与次郎が、ぶるっと身を震わせ、

「あるかもしれねえな」

と言った。

ふたりはぼろ長屋の唯一の店子夫婦に会った。夕餉《ゆうげ》が終わった頃合いで、

「なにか分かりましたかえ」

と問うてきたヒデに堀米同心が、

「われらの話をとくと聞いてくれぬか。この一件、千社札造りの平泉麦秋の死だ

けでは終わりそうにないのだ。いいか、そなたらが見た女子とその一味はこれまで少なくとも四人の猪牙船頭を殺してやがる。そして、その猪牙舟に千社札を残しておるのだ」

「へえ、あの娘のような女子がね」

「ヒデ、かよ、脅すわけではないがそなたらにも禍《わざわい》が必ず降りかかってくる」

「お役人、わっしら、なにも知りませんぜ」

「そなたらは娘を見てはいないか」

「ちらりと見ただけだ」

「ちらりもへちまもない。ここにおる吉川町の鉄造親分が、その女が猪牙強盗の殺しの咎人《とがにん》だとの証《あか》しを見付けたのだ。明日からこのぼろ長屋には町奉行所の大勢の役人が入る、となると平泉麦秋殺しが世間に知れ渡り、女の顔をそなたらふたりに見られたことに女や一味が気付くかもしれない」

「ひえっ」

とかよが悲鳴を漏らした。鉄造が話を引き取り、

「これからおれに従ってくれないか。安全な場所におまえさんたちふたりの身を移す。旦那の言葉に嘘なんぞねえ。どうか、わっしらを信用してくれねえか」

「おまえさん、仕事はどうするよ」

「そなたの親方はだれだ。それがしが会ってな、二、三日北町奉行所のよんどころない御用で休ませてくれと説得する」

「お役人、おれが直に親方に願うよ」

「ヒデ、すでにやつらはこの長屋にわれら役人が入ったことを察していよう。そなたらに酷い拷問を受けた麦秋の骸を見せようか」

という堀米与次郎の言葉に夫婦が得心したか、ようやく頷いた。

二

鉄造親分と手下の江三郎がヒデとかよのふたりを伴い、柳橋の船宿さがみの猪之助親方と女将の小春に会って相談した。すると猪之助親方が、

「なに、船頭殺しの下手人が、千社札造りの爺さんまでひでえやり方で殺しやがったって。許せねえ」

と親分の説明に応じて荷下ろし人足の夫婦に視線を移し、

「おめえさん方、大変な目に遭いなさったね。柳橋界隈は船宿が多く、船頭もた

くさん住んでいらあ。うちも船頭のための家作を持ってるがよ、なにがあってもいいようにいつも長屋のひと部屋は空《あ》けてあらあ。狭《せめ》えかもしれねえがうちの長屋にいる分にゃあ、百面相雷鬼左衛門なんて輩《やから》に手は出させせねえ」

と胸を張ったものだ。

ヒデもかよも江戸城のある隅田川右岸に住んだことがなかったが、なにはともあれ船宿の親方に硬い表情でがくがくと頷いた。その様子を見ていた小春が心得顔に船宿の奥に姿を消した。

一方、吉川町の鉄造親分は待たせていた御用船に乗り、旦那の堀米与次郎が待つ回向院裏の、殺しのあった長屋に急ぎ戻っていった。

「親方、おれたち着の身着のまま親分さんの命《めい》に従ったんだ。着替えはなんとか風呂敷に包んできたがさ、夜具も鍋釜《なべかま》もなんにもなしだ」

「案じなさんな。うちは古い船宿でね、おめえさん方夫婦が暮らせるように女房がすでに手配しているぜ。少しばかりここで待っててくんな」

と言ったとき、さがみの女衆が盆に茶碗を載せてきた。

「まあ、冷てえ米茶でも飲んで落ち着きねえ」

と親方が勧めた。

「ありがてえ。おれたち、ここに来る御用船のなかで猪牙強盗やら船頭殺しやらの話を聞かされたんだ。おれは人足稼業だ。寺子屋に通ったわけでなし、いっちょ文字もねえから読売も絵草紙も読んでねえや。そいつらが麦秋爺さんにもひでえ仕打ちをしやがったんだと聞かされてよ、喉《のど》が渇いてからからだ」

と言ったヒデが茶碗をひとつ摑み、なんだ、これは、という顔をしてひと口飲んで、にっこりとかよに笑いかけた。

「おい、かよ、米茶ってのは酒のことだぞ。それもうちが飲むような安酒じゃあねえや。うまい下《くだ》り酒だぜ」

と言われたかよも口にして、

「生き返ったわね、おまえさん」

と夫婦で言い合った。

そんな川向こうから連れられてきた人足夫婦の笑みの顔が意外に若いことに親方は気付いた。ヒデもかよも二十三、四だろうか。

「親方、川向こうのお客人を迎えにきたわ」

と桜子の声がして、

「おお、きたか。このふたりがよ、本所松坂町から避難してきたヒデ兄いにおかみさんのかよさんだ」

と猪之助が応じた。

ふたりが茶碗酒を手にひょろっぺ桜子を見た。が、桜子が何者か分からない表情だった。

「ひょろっぺよ、川向こうじゃまだ顔が売れていないようだな」

と親方が桜子に笑いかけ、

「おふたりさんよ、娘船頭のひょろっぺ桜子の話を聞いたことがないか、そうか読売は読まないんだったたな。この桜子、おまえさん方の強い味方だぜ」

と紹介した。

ふたりが桜子をじっと見ていたが、

「ああー、おまえさん、分かったよ」

「おお、棒術だかなんだか修行した娘船頭さんだよな」

と夫婦で言い合った。

「わたし、船宿さがみの親方の家作、さくら長屋の住人なんです」

と桜子が応じると、

「なんだって、娘船頭さんはこの船宿に勤めてるのか」

「はい、お父つぁんもわたしも船宿さがみの船頭です」

「なにっ、鉄造親分は娘船頭さんのいる船宿に世話になるなんて御用船で説明しなかったぞ」

「この江戸のなかでよ、柳橋ほど猪牙強盗なんぞを寄せつけない土地はないぜ」

と親方が言い切った。

「娘船頭さん、おれはヒデ、女房はかよだ。二、三日、世話になりますぜ」

と改めてヒデが言い、かよといっしょに頭を下げた。

「大変な目に遭ったようですね」

と言う桜子に、

「おお、経緯《いきさつ》を承知か」

「吉川町の親分さんの手下、江三郎さんが長屋に立ち寄って事情を大雑把に告げていったの」

「そうかそうか。ま、とにかく、桜子よ、ふたりをさくら長屋に連れていってくんな。もう、寝床の仕度はできていよう」

という親方に夫婦ふたりが手にしていた茶碗酒の残りをきゅっと飲み干して頭を下げた。

桜子は風呂敷包みをひとつだけ携えた夫婦を船宿からさくら長屋に案内する道すがら、

「ヒデさん、かよさん、この柳橋には神田明神の御札を授かった神木の三本桜があるんです。立ち寄って猪牙強盗が一日も早く捕まるようにお詣りしていきませんか」

と誘った。

「おお、おりゃ、三本桜の話、人足仲間から聞いたぞ。そうか、この柳橋にあったのか」

とヒデが言い、

「かよ、おれたちが早く川向こうの本所松坂町に帰れるように拝んでいこうか」

「いいね、おまえさん」

とかよが受けた。

常夜灯の灯りに神木三本桜がかすかに浮かんでいた。

桜子はいつものように老桜の幹に額をつけて、

（猪牙強盗が一刻《いっこく》も早く捕まりますように）

と祈願した。

ヒデとかよの夫婦は柏手を打って拝礼した。

そんな三人の様子を富士塚のさがみ富士の頂《いただき》にしゃがんだ影が気配を消して眺めていた。桜子は本所松坂町から避難してきた夫婦に気をとられて、監視の眼に気付かなかった。

「桜子さん、あたしゃ、絵描きの麦秋爺さんが極楽に行ってくれるように三本桜に願ったよ」

「千社札なんぞで金儲けしようとしたのがいけねえんだよ。麦秋の爺さんはよ」

「だけど、おまえさん、むごい拷問を受けて殺されることなんて、ないんだよ」

と夫婦で言い合った。

「大変な目に遭われましたね」

と桜子が改めて言い、

「さくら長屋のみなさんは、いえ、この柳橋界隈の住人は親切な方ばかりです。明日には顔合わせができますからね」

「桜子さんは娘船頭の仕事をいつから始めたんだい」

かよは桜子に関心を持ったか聞いた。

「はい、数日前から始めたばかりの新米です」

「猪牙強盗が怖くないかい」

「親方もうちのお父つぁんも、しばらくは船宿の馴染みのお客さんの送り迎えしかしてはいけないというので、わたしが猪牙強盗に出くわすことはありません。騒ぎが鎮まったら本式の船頭稼業を始めます」

「桜子さん、えらいな、いくつなの」

「十七です」

「驚いたわ。あたしなんて出来っこない」

とかよは首を横に振った。どうやら歳の近い桜子と話したことで、川向こうの夫婦は少し落ち着いたようだった。

「わたし、三つ四つのころからお父つぁんの猪牙に乗ってきましたから、舟も川も大好きなんです。ともかく柳橋の船頭衆はぶったくりなんて悪者に決して負けません」

と応じた桜子は三本桜からさくら長屋へとふたりを誘《いざな》っていった。すると富士塚のさがみ富士の頂にしゃがみ込んでいた娘、雷鬼左衛門の情婦曾野香が立ち上がり、

「あの桜子が五人目だね」

と呟く声が闇に流れた。

ヒデとかよ夫婦の部屋は、広吉と桜子親子の隣りに仕度されていた。このさくら長屋で一番古い住人が広吉だ。独り者の折りから住んで、ただいまではさくら長屋の木戸口の少し広めの部屋に住まいしていた。またさくら長屋では独り者や臨時雇いの船頭のために、畳の間に板の間がつき、竈《かまど》が備わった部屋が用意されていた。そこには水甕《みずがめ》や独り者が暮らすに不じゆうしない鍋釜、茶碗なども備わっていた。こんな空部屋がつねに一室はあった。

行灯の灯りが点《とも》り、夜具も敷かれていた。

「まあ」

かよが部屋に入るなり、驚きの声を上げた。

「川向こうのぼろ長屋とえらい違いだね。まるで立派な旅籠のようだよ」

と言ったかよが、

「と言っても立派な旅籠も木賃宿《きちんやど》も泊まったことはないけどさ」

と言い訳した。

ヒデは、

「お邪魔しますよ」

と言いながら夜具の敷かれた畳の間にごろりと横になった。

「おお、極楽極楽、回向院裏のぼろ長屋とは大違いだぞ、かよ」

「船宿を建て増ししたとき、同じ材でさくら長屋を造ったんですって。この界隈のどの長屋よりもきれいですよ」

と桜子が応じたとき、

「おう、ようこそ柳橋に」

と言いながら広吉が貧乏徳利をぶら下げてきた。

「ヒデさん、かよさん、うちのお父つぁんよ。さがみの船頭頭を務めているわ」

と桜子が父親を紹介した。

「親父さん、世話になります」

と慌ててヒデが起き上がり、広吉に頭を下げた。

「ええ目に遭ったな。酒を持ってきた、少し飲んで休みねえな。川向こうの人情も悪くねえだろうが、この柳橋界隈の住み心地もいいぜ」

と貧乏徳利を板の間に置いた。

「船頭頭、ありがてえ。おれもかよもこんなことがなきゃあ、柳橋なんて住めっこれねえぜ。頭もいっしょに飲んでくれねえか」

とヒデが頼んだ。さくら長屋のすべてを心得た桜子が流しから茶碗をふたつとって男たちに渡した。

「かよさん、長屋の井戸や厠を教えておくわ」

「お願いします」

桜子とかよは広吉とヒデを残して、提灯を手に部屋を出た。

「桜子さん、川向こうの暮らしを知っている」

「言ったでしょ、わたし、こんな小さいころからお父つぁんの猪牙に乗っていたって」

と膝辺りに掌を広げた。

「両国東広小路の駒留橋《こまどめばし》から細い水路が回向院をぐるりと囲んでいるでしょ。あの東側が松坂町よね」

「驚いたわ。あんな水路まで桜子さんは承知なの。娘船頭はダテじゃないのね」

とかよが感心した。

「かよさん、こちらにいる間に本所のことを教えて。わたしがこの柳橋界隈を案内するわ」

「分かった」

とかよが即答して、桜子は、

「見て、この敷地から三本桜のてっぺんとさがみ富士が見えるでしょ。桜の花が咲くころは子供たちが見物にくる人を接待するのよ」

と教えた。

「こんなことでもなけりゃ、桜子さんにも会えなかったし、きれいな長屋に住むこともなかったわ」

「明日、長屋の女衆を紹介するわね」

と言った桜子がかよを井戸と厠に連れていった。

「ここは敷地が広いだけじゃなく手入れも行き届いているわね。これじゃうちの長屋は長屋と呼べないわ」

「船宿さがみの家作が格別に立派なのよ。この界隈の人も驚くもの」

「でしょうね」

と言ったかよが厠を使いたいというので提灯を渡した。

井戸端に佇《たたず》んで星空を見上げていた桜子は、不意にだれかに見られていると思った。かよが厠から出てくるのを待ちながら、しばし思案した。

（だれがわたしに関心を持つというの）

（違うわ。ヒデさんとかよさん夫婦が柳橋に逃れてきた夜に監視の眼があるとしたら、狙いはわたしではなくふたりだ）

と思った。

（となると、当然監視の眼は百面相の雷鬼左衛門か）

厠の戸が開いてかよが出てきた。

「厠まで立派よ」

「長屋の女衆が毎朝交代で掃除するの。だからきれいなのよ」

「麦秋の爺さんがあたしたち夫婦に幸せをもたらしてくれたわ」

「それならよかった」

と桜子とかよの女ふたりは部屋に戻った。

その夜、広吉と桜子は、ヒデとかよの部屋から四つ（午後十時）前に自分たちの部屋に戻った。辞去する前に桜子が、

「お父つぁん、明日、薬研堀に稽古に行きたいのだけど、ヒデさんとかよさんを道場に誘っちゃダメかな」

と問うと、しばし間をおいた広吉が、

「おお、気分を変えるのも悪くねえかもな」

　と賛意を示し、

「えっ、桜子さんの棒術が見られるの。あたし、見たい。おまえさんもどう」

「おれもいっしょに行っていいのか」

「もちろんよ。明日、うちで朝餉を食べて薬研堀に行くわよ。そしたら両国西広小路界隈、柳橋界隈がすべて見物できるもの」

　と桜子が言った。

　自分たちの部屋に戻ると、桜子は広吉に、

「お父つぁん、ちょっと気になることがあるの」

「なんだえ、あのふたりのことか」

「違う、いや、そうね。最前長屋をかよさんに案内したでしょ。わたしがひとり井戸端に佇んでいたとき、だれかに見張られている気がしたの。とくと考えていると、ふたりをさがみからさくら長屋に連れ戻る途中、神木三本桜のところでもなんとなく気になったのよ。でもその折りには、あのふたりといっしょだからいつもと違う心持ちがするのかな、くらいに思ってた。吉川町の親分さん、あのふたりを御用船で連れてくるとき、百面相の一味まで連れてきたんじゃないかしら」

桜子の言葉に広吉が思案して、

「考え過ぎということはないか」

と念押しした。

「お父つぁん、この一件に関してはもう五人も殺されているのよ。用心に越したことはないと思わない」

「そうか、明日、薬研堀の道場にいこうと誘ったのはそのことがあったからか」

広吉の問いに頷いた桜子が、

「わたしたちが道場に行っている間、お父つぁん、鉄造親分に会ってこのことを告げてくれない」

「確かな話ならばな」

「娘のわたしの勘が信じられないの」

と問い返す桜子に広吉が首肯した。

三

翌朝、広吉・桜子親子といっしょに朝餉を食したヒデとかよ夫婦は、船宿さがみから桜子の漕ぐ猪牙舟に乗り、薬研堀の船着場に着いた。

大河内家の道場からは稽古の声や音が堀端にまで聞こえてきた。

桜子がいつも朝稽古に来る刻限より半刻以上は遅かった。

「おりゃ、この界隈を全く知らねえや」

江戸の内海に入ってくる弁才船から荷下ろしをする人足のヒデは、大川右岸に短冊型に引っ込んだ薬研堀の周りの、武家屋敷と町屋が混在する光景を珍しそうに眺めていた。

「川向こうの本所とはだいぶ違うわね」

とかよも亭主の言葉に応じた。

ふたりはさくら長屋でひと晩過ごし、昨日よりは落ち着いた顔付きだった。

「そうね、大川を挟んで右岸と左岸では景色が違うものね」

と言いながら猪牙舟を舫う桜子の動きをヒデが眺め、

「桜子さんはよ、なかなかの手際だな」

と感心した。

「だから言ったでしょ、幼いころから猪牙舟が遊び場だったたって」

と応じた桜子は直参《じきさん》旗本大河内家の門を潜って、母屋《おもや》とは別棟の道場にふたりを連れていった。

「おお、ここはいいな。武家屋敷のなかに畑があって鶏が餌を啄《ついば》んでいるなんて考えもしなかった」

とヒデが言った。桜子がふたりを道場の縁側へと案内しようとするところに若先生の小龍太が姿を見せた。

「桜子、どうしたな」

と人足夫婦のふたりを連れてきた桜子を怪訝《けげん》そうに見て小龍太が尋ねた。

「若先生、あとで詳しく説明するけど本所松坂町の裏長屋で千社札造りの平泉麦秋って老人が殺されたんです。鉄造親分たちは殺したのは猪牙強盗だと考えているわ。でね、その老人と同じ裏長屋に住んでいたこのふたりは、殺しに関わりのある女の姿を見ているのよ。万が一ということを考えて、鉄造親分がふたりを柳橋に連れてきて、さがみの親方と相談して、さくら長屋にしばらく住まわせようってことになったの」

「おお、猪牙強盗め、残酷非道のやつらと聞いたぞ。そうか、しばしこの界隈に住むのか、棒術稽古が珍しいならば好きなだけ見ていけ」

と小龍太が許しを与えて、ふたりは棒術見物をすることになった。

桜子は控えの間で急ぎ稽古着に着替えて道場に戻ると、小龍太が桜子と稽古をするつもりで待っていた。

武家屋敷のなかにある棒術道場で十数人の門弟が六尺棒を持って打ち合う光景を、ヒデとかよがなんとも神妙な顔で見ていた。

桜子は小龍太に、昨夕からだれかに見張られているような気がすることを告げた。

「なにっ、あのふたりをすでに悪党どもが見張っているのか」

「若先生、わたしが感じただけだからなんともいえません。ひょっとしたら鉄造親分の船をつけてきたのかもしれないし。千社札造りの年寄りは、酷い殺され方をしたんですって」

「その千社札造りの老人が例の猪牙強盗と関わりを持っていたのか」

「昨日お話ししたように、四艘の猪牙舟に、『百面相雷鬼左衛門』って名を描いた千社札が残されていた、その千社札を造ったのが平泉麦秋って絵描きの老人だったんです」

「百面相とやらはその千社札を造らせた絵描きまで手にかけたのか」

「若先生、この騒ぎには、わたしの知らないことがたくさんあるの。鉄造親分もすべては知らないのかもしれないわ」

小龍太がしばらく沈思した。

「その監視の眼だが、桜子、そなたが狙いとは思わぬか」

「最初にそのことを考えました。でも、ゆうべ、わたしが感じた監視の眼はわたしではなくあの夫婦を見ていたと思うんです」

「桜子、そなたは棒術の遣い手として、また船頭としてもなかなかの勘の持ち主だ。ゆえに鉄造親分が本所松坂町から桜子が暮らす柳橋に避難させてきたんだろう。となると百面相の監視と考えて用心するに越したことはないな」

と小龍太が言った。

「だから、長屋にふたりだけ残すよりわたしといっしょにこちらに連れてきたほうがいいと思ったの」

「相分かった」

と得心した小龍太と桜子は棒術の稽古を始めた。

いつものように門弟の桜子が香取流棒術道場の跡継ぎたる小龍太に攻めかかり、若先生が受けるという基《もとい》の稽古だった。桜子は懸念を振り払うように五体を動かし、六尺棒を操り始めるとすぐに没頭した。

どれほどの時が流れたか。

小龍太が桜子の突きを外したあと、間合いをとった。

「最初、体の動きが少し悪かったが、さすがにひょろっぺ桜子じゃな。いつもの桜子の棒術に変わったわ」

と褒めてくれた。

「ありがとうございました」

と指導に感謝して頭を下げた桜子は、ちらりとヒデとかよを見た。

なんとふたりは見所《けんぞ》の大河内立秋老の傍らに緊張の表情で座して小龍太が桜子を指導する稽古を見ていた。

立秋老も桜子が連れてきたふたりになにか曰くがあると考えて、自分の傍らに夫婦を呼んだのだろう。当然、立秋老はふたりから道場に連れてこられた経緯を聞き出しているに相違ないと桜子は思った。

「桜子、それがしが為すことがあるか」

「小龍太さん、あのふたりの命を守って欲しゅうございます」

桜子の願いを聞いた小龍太が、

「わが愛《いと》しき弟子の頼みは断れんな。なによりなんの理由があるにせよ、汗水流して働く猪牙舟の船頭を何人も無残に殺すやつらの魂胆が知れぬ、許し難《がた》し」

と怒りを表すと、

「桜子、そなたと密につなぎをつけ、なんとしてもあの夫婦を守ってみせる」

と言い切った。

「さすがに愛しの君ね、これほど心強い味方もいないわね」

「おお、その呼び方気に入ったぞ」

「どれが気に入ったというの」

「当然ながら桜子が口にした愛しの君だ。君とは大河内小龍太であろうが」

「さあてどうでしょう」

「なにやら頼りない返答だな。桜子、このあと、あの者たちをどこへ誘う気だ」

「まず柳橋の船宿に戻り、わたしに仕事があればふたりをさがみに残すことになるわ」

「よかろう。ならばそれがしは船宿さがみのふたりをどこぞから見張っていよう」

と小龍太が請け合い、

「それにしても桜子の周りにはあれこれと騒ぎが起きるな」

とぼそりと付け加えた。


薬研堀の道場からの帰り、ヒデとかよの夫婦はえらく上気していた。

「棒術といっても娘の桜子さんがやることよ、本所界隈の男の子が棒切れを振り回す遊びに毛が生《は》えた程度と勘違いしていたのよ。とんでもない腕前だってことがなにも知らないあたしにも分かったわ」

「おお、おれも魂消たぞ。桜子さんがよ、棒を持って若先生を力まかせに攻めるのを見たとき、こりゃ、本物だと思った。するとよ、大先生がよ、おれたちを神棚の下に呼んでよ、あれこれと説明してくれたんだ。桜子さんには、お武家さんの門弟も敵わないってな」

「大先生ったら、だいぶ下駄《げた》を履かせてくれたわね。若先生が絶妙に受けてくださるから、一見上手に見えたのよ」

「そうかな、おりゃ、大先生の言葉を信じるぜ」

とヒデが言い切った。

「大先生になにか聞かれたの」

「桜子さん、それよ。あたしたちったらつい本所松坂町のぼろ長屋で起こったことを話してしまったのよ。麦秋爺さんがどんな殺され方をしたか、話し始めたら止まらなくなっちまったの」

「大先生は旗本のご隠居さんよ、それに棒術の大師匠だから、なにを話しても驚かないわよ。ヒデさんとかよさんの悪いようには決してなさらないわ。若先生も汗水流して働いている猪牙舟の船頭を殺すなんて許せないと言っておられたもの」

「そうだよな。ともかくよ、おれとかよはどうやって礼をすればいいかも分からないがよ、船宿に戻っておれたちが為すことがあれば、命じてくれねえか。できることはなんでもやると親方に言ってくれ」

とヒデが願った。

「船宿に戻ってみないと分からないけど、わたしに御用が待っていれば、ヒデさんとかよさんはさくら長屋に帰ってもいいと思う。でもきっと退屈だわね。そうね、船宿を手伝うのが一番気が紛れていいかな」

「あたし、船宿の台所を手伝う。さがみほど大きくないけど、松坂町のお店《たな》の台所を手伝ったことがあるから、女衆に命じられたら、なんでもやる」

「おりゃ、たくさんある猪牙とかよ、屋根船の手入れや掃除ならできるぜ」

とふたりが言った。

「ありがとう」

「なにも桜子さんが礼を言うことじゃない。あたしたち、麦秋爺さんを殺した連中が昨日の親分さん方に捕まったら、大川のこちら側、柳橋で過ごした何日かがきっと思い出になるわね」

とかよがヒデに言い、

「どう、おまえさん、船には慣れているんでしょ、櫓は漕げる」

「見様見真似でよ、荷船なら江戸の内海からよ、横川の船問屋まで漕いでいくこともできるぜ。でもよ、荷を運ぶのと客を乗せるのとは違うよな」

とヒデが言った。

「荷船が操れるなら猪牙なんてすぐ慣れるわ。さがみに戻ったら猪之助親方に聞いてみるわね」

と言いながら、桜子は大川と神田川の合流部、柳橋に猪牙舟の舳先を向けた。

「ヒデさん、かよさん、聞いてほしいことがあるの。わたしもとくと承知ではないけど、平泉麦秋絵師を殺した百面相とやらは、残酷なやつだということを忘れないでね。そいつがお縄にかかるまで気を抜いてはダメ。自分たちの命を守ることがなにより大事だと覚えていて」

との桜子の言葉にふたりが頷いた。

柳橋の船着場には親方がいた。

「桜子よ、小名木川の海辺大工町《うみべだいくちょう》の材木屋まで番頭さんを乗せていきねえ」

「畏まりました」

と言った桜子が船着場に猪牙舟を着けると、ヒデとかよがその場にあった箒《ほうき》と塵取《ちりと》りで早速掃《は》き掃除を始めた。

「親方、ヒデさんもかよさんもなにか船宿の仕事を手伝いたいというのです」

薬研堀からの舟中で話し合ったことを親方に告げた。

「そうか、だったら女房には台所を手伝ってもらおう。亭主は船着場で船の手入れや出し入れを手伝わせるか」

と即座に決めた。桜子と親方とのやり取りを聞いていたヒデが、

「合点です」

と即答した。

かよはさがみの奥へと向かい、ヒデは船着場に泊められている舟を見に行った。

意外に気が利くふたりだった。

「親方、お父つぁんは吉原ですかえ」

「いや、品川宿の旅籠の主の送りだ。向こうに旦那の知り合いの客がいれば帰りに乗せてくることになっていらあ。戻りは八つ（午後二時）時分かね」

「親方、わたしは、海辺大工町の帰りはどうしましょうか」

「おお、それだ」

とちらりとヒデを見た。

「吉川町の鉄造親分はよ、堀米の旦那の供で本所松坂町の千社札造りの絵師の殺された長屋の検視に立ち会っていらあ。まだあちらにいるはずだ。桜子、顔を出してみねえか」

「親方、わたしが顔を覗《のぞ》かせてなんぞ役に立ちましょうか」

「なに、おまえに探索の手伝いをしろなんて言ってねえや。なんぞこちらに連絡《つなぎ》をつけたいかもしれねえと、おれが勝手に思っただけだ」

「かよさんたちに、あちらの長屋から持ってくるものがあるかどうか、あるいはわたしといっしょに行くかどうか聞いてみましょうか」

「いや、あのふたりが殺しのあった長屋にちょっとの間でも戻る気を起こすのはよくないぜ。危ないことはしねえほうがいい。あのふたりには黙っていな」

と親方が言った。

「親方、お話があります」

「なんだえ、急に改まって」

「はっきりとしたことじゃないけど、百面相はもう、ヒデさんとかよさん夫婦がこの柳橋にいることを承知しているかもしれないわ」

「なんだと」

驚いた猪之助に桜子は昨夕からの話を告げた。

「なんてこった。おめえのお父つぁんが鉄造親分に会ってきたと言ったのは、そのことがあったからか」

「はい、そうなんです」

「桜子、海辺大工町の御用、ほかの船頭に命じようか」

「いえ、あの一味の狙いはあくまでもヒデさんとかよさんです。あのふたりの身を守ってください」

「猪牙強盗となればうちとも関わりがある。運のいいことにうちは今までのところ被害はない。だが、いま一度船頭たちに決して得体の知れない客は拾うなと言っておかねえとな」

と言ったときに女将の小春が海辺大工町の材木屋の番頭三郎右衛門《さぶろうえもん》を案内してきた。

「はい、畏まりました」

「桜子ちゃん、お客様よ、お願いね」

と受けて船宿さがみの常連とまではいかないが、幾たびか見かけたことのある番頭をヒデが掃除した猪牙舟に乗せた。それを見ていたヒデが、

「桜子さん、気をつけてな」

と声をかけてきた。

「ありがとう」

と返事をした桜子は竹棹でぐいっと船着場の棒杭を押して猪牙を神田川の流れに乗せた。

その瞬間、桜子は、

（そういえば今朝がたから「監視の眼」がないな）

と考えた。

柳橋を潜り、大川に出ると棹から櫓に替えた。

「娘船頭さんの櫓さばきでお店に戻りますか。きっとお店じゅうが大騒ぎしますな」

と三郎右衛門が言った。

「あら、どうしてでございましょう」

「そりゃ、いま江戸の人気者は二丁町《にちょうまち》の芝居の役者さんでも吉原の花魁《おいらん》でもありませんからな。娘船頭の桜子さんをおいてほかになし」

「番頭さん、読売はご大層に書くのが仕事です。わたしどもの仕事はお客様を無事に送り迎えすることに尽きます」

「いかにもさようですな」

と鷹揚《おうよう》に応じた材木屋の番頭が、

「そうか、その人柄があってこそ、そなたのことを版元がこぞって読売にするのですよ。そのうえ、棒術の遣い手ときた。近ごろは稽古をする暇もないのではありませんか」

「いえ、今朝も薬研堀の道場に行き、若先生にみっちりと稽古をつけて頂きました」

「おお、感心感心。となれば噂の猪牙強盗《ぶったたくり》もこの猪牙舟だけには目をつけませんな」

　と艫に立てられた六尺棒の先端に翻《ひるがえ》る五色の吹き流しを見た。

「ともかくわたしたち船頭は、猪牙強盗なんてものがこれ以上起こらないことを祈っております」

「さようさよう、平穏無事に仕事が続けられることがなによりですよ」

　と三郎右衛門の言葉に桜子も大きく頷いた。

四

　深川海辺大工町の材木屋に番頭を送った桜子は、小名木川を東に向かい、新高《しんたか》橋《はし》を潜ると交差する横川を北へと曲がり猿江《さるえ》橋《ばし》を抜けた。七丁ほど北進すると竪川の交差に出る。こんどは竪川に猪牙舟を入れると、三ツ目之橋、二ツ目之橋を軽やかな櫓さばきで潜りながら、一ツ目之橋の手前、本所相生町《あいおいちょう》一丁目側の岸に舟を寄せた。

　その岸辺には無人と思われる屋根船が一艘舫われていた。その船の傍らに猪牙舟を舫った。

海辺大工町からここまで、桜子の軽やかにしなる五体は時を感じさせないほど滑らかに舟を移動させていた。

回向院裏の本所松坂町のヒデとかよ夫婦が住む長屋を初めて訪ねる桜子だったが、どことなく不吉さが漂うぼろ長屋をすぐに探し当てた。

「おお、桜子、あちらで異変があったか」

吉川町の鉄造親分が険しい表情で迎えた。探索の用事はもはや終わったように感じられた。

「いえ、あちらはなにもありません。わたし、お客さんを送って小名木川の海辺大工町まで行った帰りです。うちの親方から、なんぞこちらで用事があるかもしれないから、立ち寄ってみろと言われたんです」

「そうかそうか」

と応じた鉄造親分が、

「桜子、どうだ。妙な心持ちは未だするかえ」

といまも見張られているような気がするのかを確かめた。

「いえ、今朝がたからはなにも感じません。猪牙船頭殺しやぶったくり、ヒデさんやかよさんの話を聞いて、わたし、心配しすぎていたのかもしれません。親分さんに気遣いさせてご免なさい」

「おお、それならばいいがな、こたびの一件はひどく難儀な騒ぎに違いねえ。まずやり口が非情にして残酷だ。それでいて、銭金が狙いじゃねえ。船頭の命が目的だ。おまえさんは、棒術の修行で勘を磨いてきたからな、並みの娘とは違う。おりゃ、おめえの感じた『監視の眼』を軽んじてはいねえぜ」

と鉄造親分が言い切り、桜子は頷いた。

桜子は夫婦ふたりを薬研堀の棒術道場に連れていき、いっしょに過ごしたことを報告し、

「そのあと、道場から戻って、さがみの船宿で台所仕事や船着場で舟の手入れをしながら大勢の女衆や船頭衆と過ごしています」

「ならばまずあのふたりにやつらの手が伸びることはあるまい」

桜子は棒術道場の若先生小龍太が密かにふたりを守っていることを親分には告げなかった。役人の御用に差し出がましい行いをするのは、どうかと思ったからだ。

「親分さん、この長屋で殺された年寄りの絵描きさんの骸はいまだこちらにあるのですか」

「町奉行所の検視は済んだのでな、回向院の湯灌場《ゆかんば》に運んでいったぜ。おれひとりがこのぼろ長屋の後始末で残っていたのよ。

百面相だか雷鬼左衛門だか知らねえが、つくづく残酷な連中だぜ。平泉麦秋って年寄りは、頼まれ仕事で千社札を造っただけだぜ、いささか金には小うるさかったけどな。それでもなぜ無残な殺され方をしなきゃならねえ」

という親分の言葉には怒りがあった。

鉄造は、麦秋の死は千社札の版木に拘《こだわ》ったせいだと内心思っていた。女が猪牙強盗に関わる者とは知らず、ただ大金をせしめるいい機会だと相手を見誤った貧乏絵描きの浅はかな魂胆が不運を招いたと見ていた。そして、鉄造は幸運を引き寄せる力を秘めていると見込む娘船頭を、

「桜子、念のためだ。平泉麦秋という絵描きにして千社札造りの画房と住まいを兼ねた部屋に行ってみるか」

とぼろ長屋の奥に連れていった。

腰高障子に看板代わりの大きな千社札が描かれていた。そこには、

「金運招来千社札造
名人絵師平泉麦秋」

とあった。

「千社札は爺さんにとって、金も運も呼ばなかったな。この奥の座敷で無残に刺し殺されたのよ」

と言った鉄造親分はさすがに娘船頭に、「部屋を見るか」とは問わなかった。

ぼろ長屋の木戸口に戻りながら、

「親分さん、その連中、猪牙舟の船頭衆を未だ狙っていると思いますか」

と桜子が問うた。

「なんとも返事のしようがねえな」

明言を避けた鉄造親分だったが、

「桜子、旦那の堀米様から聞いた話だがよ、こたびの絵描き殺しが、どこから漏れたか読売に載るって噂があるそうだ」

旦那の堀米とは北町奉行所定町廻り同心堀米与次郎のことだ。

「えっ、女の姿をちらっと見ただけのふたりは親分さんが柳橋に連れ出したわよね。ヒデさんとかよさんが親分以外のだれかに話すなんて、ないはずでしょ」

「そこだ」

と言った鉄造が、

「桜子、読売に載るって噂が真《まこと》かどうか、旦那は調べていなさる。だがな、最前から考えていたんだが、読売屋にネタを持ち込んだのは、百面相の雷鬼左衛門自身じゃないかと考えたのよ。堀米の旦那もなんとなく同じことを考えたから、あちこちの版元に当たっていなさるような気がするんだ」

「親分さん、分からないわ。どうして、自分たちのやった罪をわざわざ読売に誇らしげに書かせるのですか」

「そこだな。わっしら下っ端には教えられてねえことよ。この百面相の所業の背後には隠されたなにかがあるのよ。つまり雷鬼左衛門はよ、だれぞに向けて自分たちがやった所業をわざわざ誇示しようとしやがるのよ」

「するとどうなるのですか、親分さん」

「なんともまどろっこしいが、この一連の騒ぎはお城のお偉いさんがらみの話じゃねえか。つまりはおれたちのような下っ端は真相を知らずに終わるような気がしてな」

「わたし、分からない」

「おれも分からねえ」

と両人はそう言うと顔を見合わせた。

「親分さん、まだこの長屋にいなきゃあならないの」

と桜子が気分を変えようと問うた。

「いや、この界隈の町役人にぼろ長屋の差配を願ってきたから、いなくてもいいがな。堀米の旦那も読売屋を調べていなさる。おれも手伝いてえや。桜子の猪牙に乗せてくれるか」

と親分が願った。

「もちろんです」

と言った桜子は、

「親分さん、聞いていい」

「なんだ。おれとおめえの仲だ、なんでも聞きねえ」

「ヒデさんとかよさん夫婦のさくら長屋住まい、思ったより長くなりそうかな」

「おお、当初は一日二日で目途がつくと思ったがな、この一件、長引くかもしれないな」

「思い付きだからヒデさんとかよさんに断ったわけではないの。だけど、あのふたりの部屋から差し当たって入用な着替えなどを持っていってあげたいの。親分に立ち会ってもらってもダメかな」

「いや、あのふたりが慌ただしく風呂敷に放り込んでいるのを昨日見たぞ。着替えなんぞが残っていれば持っていってやると喜ぶだろうな」

と親分も桜子の思い付きに賛意を示した。

鉄造が木戸口に近いふたりの部屋の腰高障子を開いた。

むっとする澱《よど》んだ温気《うんき》が桜子の顔を襲ってきた。

荷下ろし人足というヒデとかよ夫婦の家財道具は煮炊きの道具以外は畳の間の隅に畳んだ夜具と柳行李《やなぎごうり》くらいしかなかった。

かよは衣装を季節ごとに分けて風呂敷に包み、古びた柳行李に入れていた。貧しいながらもきちんとした暮らしをしていることに桜子は感心した。

鉄造親分は土間に立って桜子の行動を見ていたが、

「なんだえ」

と驚きの声を上げた。

「どうしたの。もうこちらは終わったわよ」

と振り向いた桜子は板の間に上がった親分が竈に垂らされた紙を摑んだのを見た。

「なんなの、親分さん」

「こいつを見ねえ。ヒデとかよ夫婦を脅してやがる。いつの間にこの部屋に入り込みやがったか」
と墨の字が書かれた紙片を桜子に突き出した。そこには達筆で、
「ヒデ、かよへ
この長屋で起きた騒ぎを少しでも役人に話すことを禁ず
さらにどこへ逃げようとも無益也
夫婦二人の命はこの鬼左衛門の掌にあり
　　百面相頭領　雷鬼左衛門」
とあった。
「昨夕、おれがあのふたりをこの部屋から連れ出して御用船に乗せたあと、かようなふざけた真似をしやがったのか。だがよ、堀米の旦那の小者だって残っていたろうし、そんな隙があったとも思えねえがな」
と鉄造親分が吐き捨てて、首を捻り、
「なんてことが」
と呟くと、
「桜子、おまえの勘は当たっていたんだ。昨日のうちにおれとあのふたりを乗せ

た御用船を一味の舟に尾《つ》けられていたかもしれねえ。となるとおれが下手《へた》を打ったか」

と鉄造が腹立たしげに漏らした。

「でも、その脅し文は昨日じゃなくてつい最前置かれたものじゃない。まだ、墨が乾ききってないもの」

「くそっ、おりゃ、一日じゅう鬼左衛門に動きを見張られていたのか」

「親分さん、あのふたりが危ないわ」

「よし、戻ろうか」

とふたりは猪牙舟へと急いで戻った。

いつの間にか屋根船は姿を消していた。

「わたしが長屋を訪ねようとここに猪牙を舫ったとき、そのあたりに屋根船が泊まっていたのよ。船頭の姿はなかったけど、わたし、なんとなく奉行所の船かと思ったの」

「いや、奉行所の御用船は回向院表門側の駒留橋の架かる堀に泊めたそうだぜ。竪川には奉行所の船はいねえはずだ」

桜子はしばし考えた。

「親分さん、地味な造りだけど二丁櫓《にちょうろ》の屋根船だったわ。その早船が雷鬼左衛門の持ち船だとは考えられない」

「なんてこった。おれも桜子もやつら一味のすぐそばにいたのか」

「としか考えられないわね」

「くそっ、雷鬼左衛門め、先手《せんて》先手と動いてやがる」

と鉄造が罵《のの》り声を上げた。

桜子は鉄造の怒りの声を聞きながら猪牙舟の舫いを解いた。猪牙舟に鉄造を乗せ、竹棹で竪川の土手を突き、櫓に替えた。

その瞬間、五色の吹き流しをつけて立てた六尺棒の根元に一枚、短冊が置かれてあることに気付いた。

「娘船頭桜子へ

見参　百面相頭領」

とあった。

おまえたちの行動はすべて見張っていると鬼左衛門は言っていた。

桜子はしばし櫓に手を掛けたまま立ち竦《すく》んでいた。

「どうしたえ、桜子よ」

黙って短冊を鉄造親分に差し出した。

無言で受け取った鉄造はしばし短冊を凝視し、

「とことん、小馬鹿にしくさって」

と悔しげに漏らした。

「親分さん、薬研堀の大師匠、大河内立秋様がよく口にされる言葉があるわ。

『勝負に先手有利は真《まこと》なり
されど間合いを外された先手は
後《ご》の後《ご》に大敗す』

弟子たちが打ち合いのなかでつい無茶な勝ちにこだわって先走るような折りに申される忠言よ。百面相の頭領とやら、とことん先《せん》の先《せん》で動くといいわ。動けば動くほどぼろが出てくる。今に見ていなさい」

と桜子が言い放ち、櫓をゆったりと操り、大川へと向けた。

そんな桜子の様子を鉄造親分がじいっと見つめながら、

「おれたちに後の後は必ず来るよな」

「親分さん、一味が動けば動くほど、狂いが生じましょう。わたしなんかに関心を示していることがいかに無駄か分からせてやります」

と桜子が言い切った。

桜子の猪牙舟が神田川河口に架かる柳橋を潜ったとき、七つ（午後四時）の時《とき》鐘《がね》が日本橋本石町《ほんごくちょう》から鳴り響いてきた。

「おかえり」

「おお、吉川町の親分といっしょでしたか」

船宿さがみの船着場に親方の猪之助とヒデのふたりが立っていて、桜子の猪牙舟を迎えてくれた。

「ヒデさん、余計なことをしちゃったわ。勝手に長屋に入って着替えなどを持ち出してきたの。親分さんに聞いたら、こちらにいるのが思ったより長引きそうだと聞いたものだから」

「気遣い、ありがてえ」

とまるで何年もさがみに奉公しているような口調で応じた。

「なにも変わりはなかった」

「ないな」

と答えたヒデに風呂敷包みを渡すと、

「おりゃ、かよに渡してくらあ」

と船宿へと小走りで向かった。

「親分、なんぞあったかえ」

着いてから無言のままの吉川町の鉄造親分に親方が聞いた。

「ああ、あった。だが、わっしは堀米の旦那に御注進だ。仔細は娘船頭に聞いてくれないか」

「火急のことか」

「まあ、そうだ。だが、こちらがなにもないのならいいや。ともかくあのふたりから目を離さないでほしい」

と願った鉄造が急ぎ吉川町へと戻っていった。それを見送った猪之助が、なにがあった、と問う眼差しで桜子を見た。

桜子は手短に本所松坂町の裏長屋で起こったことを告げた。

「なんとヒデさんの長屋に百面相の一味が未だ出入りしていたか」

「もしかしたら頭領の雷鬼左衛門自身が置いたものかもしれません」

「そうなるとあのふたり、すぐには本所松坂町に戻れないな」

「どうですか、ヒデさんはすでにこちらに馴染んだように見えましたが」

「ああ、荷下ろし人足というから力が強いだけかと思ったがな、櫓だって棹だってちゃんと使える。男衆と女衆がひとりずつ増えて、ありがてえくらいさ」

「それはよかった」

「そうか、桜子があの夫婦の着替えを持ってきたのはこちらが長くなると見込んだからか」

と親方が得心した。

「うちのお父つぁんはまだどこぞで仕事ですか」

「それがな、品川宿の旅籠から馴染みの客を乗せたとみえて、まだ帰ってこないのだ。もうそろそろだろうと、ヒデさんと話していたところさ」

と親方が言った。

今日も長い一日になりそうだと、桜子は江戸城の向こうに目をやった。

第五章　五人目の悲劇

一

夏の盛りとはいえ、ふとした瞬間に秋を感じるような宵の口だった。柳橋の船宿さがみの船着場では桜子やヒデらがなんとなく神田川河口に架かる橋の向こうを気にしていた。

品川宿の馴染みの旅籠へ客を送っていた父親広吉が未だ帰ってこなかったからだ。

刻限は六つ半（午後七時）を過ぎていた。

山谷堀の今戸橋の船宿に向かう客たちが集まる柳橋では馴染みの船宿からそれぞれの女将に見送られて猪牙舟が出ていった。

御免色里吉原の夜見世《よみせ》に向かう大店《おおだな》の主《あるじ》や番頭たちや日銭を稼ぐ職人衆の棟梁たちだ。それだけに猪牙舟に乗った男衆の顔には、一夜を期待する笑みが漂っていた。

「桜子さんよ、おりゃ、船宿がこんな風に賑《にぎ》やかだとは夢にも思わなかったぞ」

父親の帰りが遅いことを案ずる気配を桜子に感じたヒデが気にして話しかけた。

「ヒデさん、これが紋日《もんび》だとひっきりなしに猪牙が山谷堀に向かって上っていくわよ」

「そうか、おれたち荷下ろし人足はよ、日が沈めば仕事は終わり、船問屋に戻って仕舞湯を浴びてぼろ長屋に帰って井戸端でまた汗を流して、あとは寝るだけの暮らしだもんな。まるで柳橋は祭りの宵のようだぜ」

と応じたとき、親方の猪之助と共に船着場に姿を見せたかよが、

「桜子さんのお父つぁん、まだ戻ってこないのね」

と問うた。

「お父つぁんったら品川宿からどこか遠出の客でも乗せたのかしら」

と桜子が首を傾げながら答えた。

「船頭頭にしては珍しいな。いつもなら、仲間の猪牙につなぎをつけてよ、帰り

は何刻《なんどき》になるって、うちに知らせてくるんだがな」

親方の言葉にも不安が込められていることを感じた桜子は、

「親方にも心配かけますね。五つ（午後八時）前、さすがにもう戻ってくる頃合いだと思いますよ」

と胸中の懸念を隠して答えていた。

柳橋の各船宿から提灯を点して大川へと出ていく猪牙舟の光景を見て、言葉を失っているかよにヒデが、

「まるで夏祭りの宵と思わねえか。おれたちは夕飯食ってよ、油代が勿体ないて んで寝る刻限だよな。こんな賑やかな江戸があるんだ、ぶっ魂消たぜ」

「あたしもよ、こんな賑わいが毎夜続くの」

とかよも口を揃えた。

「かよさん、吉原ってところは、公《おおやけ》にはお上《かみ》の命《めい》で四つ（午後十時）に大門《おおもん》を閉ざさなければならないのよ。でも、それじゃ、お店を終わった番頭さん方が駆けつけても遊ぶ暇はないわよね。そこで、吉原には格別な仕組み、引《ひ》け四つというのがあって夜半まで大門は開いているんですって。だから、暖簾を仕舞った商家の主や番頭さんや職人衆がこうして柳橋の船宿に立ち寄り、猪牙舟で急ぎ山谷堀

の船宿に向かうのよ。それで、柳橋の船宿の賑わいは夜半近くまで毎夜続くというわけ」

「若いのに桜子さんはなんでも承知ね」

「川向こうのぼろ長屋ではよ、鼾《いびき》かいて寝入ってるような刻限でもここは賑わってるんだな。おりゃ、話には聞いていたが、まさかほんとにこんな暮らしがあるとは思いもしなかったぜ」

　ヒデとかよの夫婦にとって驚くことばかりの柳橋滞在になったようで、船宿に出入りする猪牙舟の数々を唖然《あぜん》とした顔でいつまでも眺めていた。

「おまえさん、あたしたちのぼろ長屋の暮らしは一体なんだったんだろうね」

「おれたち、荷下ろし人足は朝が早《はえ》えからな」

　と言い合う夫婦に、

「それが並みの暮らしなんだよ、おふたりさん。この柳橋の船宿が格別と言いたいが、猪牙に乗って吉原に向かうお客衆も昼間せっせと働いて偶さかの遊びに向かうお方なんだよ。まあ、百人いれば百通りの暮らしがあるということかね」

　と親方が長い一日を過ごすヒデとかよの両人に言い、

「うちで夕餉を食ってよ、さくら長屋に戻るかえ」

と尋ねた。

「親方、おれたち、桜子さんのお父つぁんが帰るまでこの船着場で待たせてもらえませんか」

とヒデが願った。そこへさがみの猪牙舟が戻ってきて、さあっ、と動いたヒデは舫い綱が投げられるのを受け取りに走った。

「ヒデさんたら、すっかりさがみの男衆になったようね」

と桜子が言い、

「これだけ機転の利く奉公人はなかなかいないな。どうだ、かよさんよ、川向こうからこの柳橋に引っ越してこないかえ」

と親方が冗談とも思えない口調で問い、

「うちの人とあたし、そんなことが出来るかな」

とかよも本気で自問していた。

「かよさん、柳橋の暮らしはしばらく続くわ。その間に親方のいまの申し出をじっくりと考えることね」

「桜子さん、あたしたちの帰る先は絵描き爺さんが殺されたぼろ長屋で、あたしたち夫婦しか住む人間はいない。こんな賑やかな暮らしを見てよ、今さら回向院裏の暮らしに戻れると思う」

かよの自問する声音は真剣だった。

本石町の時鐘が夜空から伝わってきた。

「ああ、五つ（午後八時）だ」

と思わず桜子が漏らしたとき、吉川町の鉄造親分と提灯を手にした小龍太がいっしょに船着場まで下りてきた。

「あら、どうしたの、小龍太さん」

と声をかけた桜子は、

（そうか、小龍太さんは密かにヒデさんとかよさん夫婦を見張っていてくれたのだったわ）

と思い出していた。

小龍太がなにも答えないかわりに鉄造親分が、

「厄介ごとが起こったとおれの知り合いから報せがあった。親方、ちょいと桜子を借りたい」

「どういうことだ。親分」

ううーん、と唸った親分が意を決したように、

「芝《しば》の大木戸の漁《いさ》り船《ぶね》の船着場でよ、猪牙が見付かったそうだ。さがみの猪牙舟じゃねえかと土地の御用聞きがおれに報せてきたのよ」

鉄造の言葉に桜子の顔からさっと血の気が引いた。

「うちの猪牙舟だと。まさか」

「親方、分からねえ。確かめたいんだ」

桜子の手を握った者がいた。

「それがしもいっしょに行く。いいな」

と小龍太が言った。

「いいわ。でも、ヒデさんとかよさんの身はどうなるの」

「親分さんの手下がさがみに詰めてくれるそうだ」

ふたりのやり取りを聞いた猪之助親方が、

「芝ならば猪牙舟で一気に大川を下ったほうが早い。うちの船頭に行かせる」

「親方、わたしも船頭です」

「桜子、おまえは」

「いいえ、わたし、櫓を握っていたほうが落ち着きます」

と言い切った。

「そうか、そうするか。親分、若先生よ、すまねえが桜子の猪牙で芝の大木戸に行って確かめてくれねえか」

親方の言葉にしばし間を置いた鉄造親分が、

「分かった」

と頷いた。

桜子は自分の猪牙舟の艫に飛び乗った。小龍太が舫い綱を解き始めると思案顔の鉄造親分が乗り込み、最後に提灯を手にした小龍太が舟に身を移した。

船着場で戻り舟の舫い綱を手にしていたヒデが、

「どうしたんだ、桜子さんよ」

と声をかけた。

険しい顔の鉄造親分がいて、棒術の若先生の小龍太までが険しい表情で桜子の猪牙舟に乗り込んだのを見て、はっ、とした。そんなヒデに、

「わたしたち、しばらく柳橋を留守にするわ。ヒデさんたちは親分の手下さんたちが守ってくれるそうよ」

と言った桜子が竹棹を手に猪牙舟を流れに乗せた。

「おれたちのことは心配ねえ」

と事情の分からないままヒデは言葉を返し、

「桜子、気をつけていくんだ、いいな」

と猪之助親方がひときわ険しい声音で注意した。

「親方、大丈夫よ。わたしはお父つぁんの猪牙に三つ四つのころから乗ってきた生粋の娘船頭よ。どんなことが起こっていても、必ず柳橋に戻ってくるわ」

と言い切ると竹棹から櫓に替えて、柳橋の下へと猪牙舟の舳先を向けた。

小龍太が舳先に竹棹を立ててその頂に提灯を吊るした。

桜子は提灯の灯りを頼りに幼いころから親しんできた猪牙舟を大川へと向けた。


その日の四つ半（午後十一時）時分、日本橋川の船宿の猪牙舟で小龍太ひとりが柳橋に戻ってきた。船着場で出迎えたのは親方と女将の夫婦だった。

「あら、よっさんじゃない。若先生を送ってきてくれたのね、ありがとう」

と言った女将の小春が酒手を含めた舟賃を知り合いの船頭にさあっと渡した。

「おかみさん、今日ばかりは舟代なんて頂戴したかねえや。だが、おかみさんの気持ちだからよ、受け取るぜ」

事情を知っているらしいよっさんが無言の親方に固い会釈を返し、すぐに猪牙舟を大川へと向け直して、そそくさと夜の闇へ消えていった。

船着場に小龍太と親方夫婦の三人が残された。

「若先生、まさかうちの船頭頭の広吉が猪牙強盗の手にかかったというわけじゃねえよな」

首を激しく振った小龍太が、

「桜子の親父どのは、百面相頭領雷鬼左衛門の手にかかって身罷った」

と吐き出し、

「なんてこと」

と小春が漏らした。

「広吉どの猪牙と亡骸《なきがら》は日本橋川南茅場町《みなみかやばちょう》の大番屋に運ばれてきて、桜子と鉄造親分がいま広吉どのの骸に従っておる」

小龍太の言葉にしばし沈黙が船着場を支配した。

「案じたことがうちの船頭頭に降りかかるとは」

と漏らした親方が、

「小春、屋根船を用意させねえ。おれが広吉を迎えにいこう」

「親方、北町の定町廻り同心の堀米与次郎どのと大番屋で話し合った。広吉どのが返されるのは明日になるそうだ。明朝、改めて町奉行所の検視を受けるのだ。それがしは、まずこの事情を告げに帰ってきたのだ。すぐにそれがし、桜子のところに引き返す」

と小龍太が言った。

このやり取りに船宿に戻りかけた小春が足を止めた。

「小春、やはり船頭ふたりをつけた屋根船を用意させねえ。ひと晩じゅう大番屋にいるのは厳しかろう。桜子をときに屋根船で休ませたい。そんな仕度を屋根船にしねえ」

仕事を終えて船宿に戻っていた船頭たちが親方の命で屋根船を船着場に移動させた。

「若先生、ちょっと待ってくださいね。広吉さんの着替えを用意させますからね」

と小春が慌ただしく船宿に戻っていった。

「若先生、広吉はいつあの者たちの手にかかったので」

「それだ。芝の大木戸の漁り船の船溜まりに放置された猪牙が見つかったのは、夕暮れのことらしい。明日の漁の仕度をしにきた漁師が己の船の隣に見慣れない猪牙舟が浮いているのを見て不審に思い、胴の間に筵をかけられていた骸を見つけたのが騒ぎの発端と聞いた。

船頭殺しだというのですぐに北品川宿の御用聞きに知らされた。偶さか吉川町の鉄造親分とは昵懇《じっこん》の法禅寺《ほうぜんじ》門前に一家を構える波五郎《なみごろう》親分だったのが幸いしたのだ。船頭の印半纏《しるしばんてん》に『柳橋船宿さがみ』とあるのを見つけて、江戸の柳橋界隈ならば吉川町の鉄造親分に報せよと急ぎ子分を走らせて知らせてくれたというわけだ」

小龍太は鉄造親分に騒ぎが知らされた経緯を語った。

「それで鉄造親分と若先生が桜子の櫓で芝まで駆けつけて、広吉の亡骸と確かめたわけか」

「いや、猪牙が大川に出たとき親分が桜子に、『芝ではなく南茅場町の大番屋に向かってくれ』と言ったのだ。桜子は大番屋に引かれてきていた猪牙舟をひと目みて、直《す》ぐに父親の広吉どのの死を悟った。そして、広吉どのと対面した」

「桜子の様子はどうですかえ。しっかりした娘とはいえ、まだ十七だ」

「親方、桜子は並みの娘ではない。父親の骸を抱きしめると、涙もこぼさず、泣きもせずただただ身を震わしていた。そしてな、それがしに『しばらくお父つぁんとふたりだけにしてほしい』と願ったんだ」

小龍太は桜子の願いを聞き入れ、番屋の外に出た。

親子ふたりだけになったとき、小龍太は桜子の泣き声を聞いた。

四半刻《しはんとき》（三十分）も続いたか。泣き声が止んで小龍太は番屋に戻った。

桜子は広吉の骸から身を離して父親の顔を見ていた。

「そのとき、桜子の呟きを傍らに控えていたそれがしだけが聞いた」

「なんと桜子は呟いたんで」

「わたしの代わりにお父つぁんが殺されたのね」

と桜子の口調を真似るように呟くと、

「それがしの耳にははっきりと聞こえた。この言葉は鉄造親分にも伝えていない。親方は向後《こうご》、桜子の親代わりを務められよう。ゆえに伝えておく。どうかしばらく親方の胸に秘めておいてくれぬか」

「若先生、雷鬼左衛門とか名乗る猪牙強盗の五人目の船頭殺しの当初の狙いは桜子だったと仰るんで」

「そうは思わぬか。ただいまの江戸で名の知れた船頭は、娘船頭の桜子に尽きよう。桜子はまた千社札造りの平泉麦秋殺しの場となった長屋を訪ねて、頭領の雷鬼左衛門から、『娘船頭桜子へ　見参　百面相頭領』と書かれた短冊を猪牙に置かれておる」

「へえ、その言葉は百面相が桜子を狙っていたという証しですかねえ」

「鉄造親分とも話したが、百面相頭領が当初桜子を狙っていたのは間違いあるまい。ところが桜子は棒術の遣い手と知った。そこで雷鬼左衛門は娘の桜子を狙うと見せかけながら、父親の広吉どのに狙いを替えて襲ったのではないか。というのも広吉が娘を殺されるよりも、ただいま評判の娘船頭である桜子が父親を殺されるほうが、より世間の耳目《じもく》を集めると考えたのではないかと親分は言われるのだ」

猪之助親方は長いこと沈思した。そして、

「若先生、百面相は世間を騒がすためだけにこんなひでえことをしてると言われるんで」

と問うた。

「百面相なる者が考えそうなことではないか。鉄造親分の推量にそれがしも得心致す。桜子の呟きもまたそう考えたからではないか」

「百面相の雷鬼左衛門はなんて野郎だ。でも、ということはもはや桜子はこの一味に狙われることはない」

「分からぬ。さくら長屋に百面相一味の女の顔を見たヒデとかよ夫婦が匿《かくま》われているではないか。やつらはこのことも承知しておる。広吉どの殺しの騒ぎが一段落したころに桜子の住まう長屋を狙うことも十分考えられよう」

「若先生、最前、わっしが桜子の親代わりになるだろうと申されましたな」

「言った」

「桜子は幼い折りに母親を失い、いままたったひとりの身内の父親まで殺された。桜子がこたびのことに関してわっしら以上に頼みに思うのは、棒術のお師匠さんの大河内小龍太様ではございませんかえ。むろんわっしらがやれることはなんでもやりますがね」

「親方、そう思うて桜子とは付き合《お》うてきた。雷鬼左衛門なんて外道《げどう》に桜子の身は指一本触らせはせぬ」

と小龍太が言い切ったとき、小春とかよのふたりが大荷物を運んで来て、すでに用意されていた屋根船に積み込んだ。

「小春、おれたちは今晩大番屋の前で仮通夜《かりつや》をする気だ。何年前になるかね、かなり昔のことだ。広吉船頭がおれに告げたことがある。『おれがもし死んだときは、深川の要津寺《ようしんじ》に葬ってくれないか』と言われたことをいま思い出した。明日にも要津寺に行って手配してくれねえか」

「承知しました」

と小春が請け合い、猪之助親方と小龍太のふたりと哀《かな》しみを乗せた屋根船は大川へと滑り出していった。

二

桜子は夜が更けるとともに父親広吉の体が段々と冷えていくのを止めるように長年櫓を漕いできたごつごつとした手を擦《さす》っていた。

不意に気付くと桜子の背後に小龍太と親方の猪之助がいた。

眼差しを交わらせた親方が、

「桜子」

と呼んだがその先の言葉が出てこなかった。

ふたりは無言のまましばし互いを見つめ合っていた。

「親方、お父つぁんが死んじゃった」

「ああ、まさかうちの船頭頭が野郎どもに狙われるなんて努々《ゆめゆめ》考えもしなかったぜ」

（違うの、お父つぁんはわたしの代わりに死んだの）

と言いたかったが口にはしなかった。

ふたたび沈黙に落ちたふたりの間を取り持つように小龍太が、

「桜子、親方が大番屋の前の日本橋川に屋根船を着けてくれた。この場はそれがしが親父どのを見守るで、親方といっしょに船に行かないか。おかみさんが茶なんぞを用意してくれたんだ」

「ありがとう、小龍太さん。でも、わたし、お父つぁんの傍《そば》にいたい」

「そなたの気持ちは分かる。だがな、親方がそなたに用事があるのだ。弔《とむら》いのことで聞きたいことがあるそうな。そなたは広吉どののたったひとりの身内ゆえ、親方と相談してくれないか」

と言った小龍太の手には線香があった。

「お父つぁんのお弔い」

と言った桜子の両眼が潤んで涙が頬を伝った。

「頼む。しばしこの場はそれがし、大河内小龍太に任せてくれないか。それともそれがしでは頼りないか」

と冗談めかして願う小龍太の手を摑んだ桜子が、

「小龍太さん、わたし、ひとりになっちゃった」

「違う。それがしがいるのを忘れたか」

との言葉に、間を置いた桜子がこくりと頷いた。

「親方もおかみさんもおられる。まずは親方と話をしてくるのだ」

との小龍太の言葉に桜子は親方を見て、首肯した。

猪之助親方に伴われて大番屋の板の間から屋根船に向かった桜子が小龍太を振り返った。すると行灯《あんどん》の火で線香を点している小龍太が見えた。

（小龍太さん、わたしたちが身内になるとしてもかなり先のことね）

と胸のなかで漏らした。

大番屋の板の間に寝かせられた父親の骸に抱きついて涙を流しているとき、父親の口がわずかに開いて紙片が見えた。引き出して広げるとなんと千社札だった。

桜子はその瞬間、父親が百面相の雷鬼左衛門に殺されたことをはっきりと確信した。

父親の口から出した千社札を自分の帯の間に素早く隠した。そして、鉄造親分と小龍太が何事かお役人方と話しているわずかな隙に千社札を確かめた。

千社札の裏面に、

「娘船頭桜子……」

とあったが暗い灯りのなかでそのときは最後まで読み切れなかった。だが、小龍太が番屋を出ていき、桜子を広吉とふたりだけにしてくれた折り、桜子は帯から千社札を取り出し、こんどは目をこらして最後まで読んだ。そしてこの千社札は雷鬼左衛門が桜子になにかを突き付けているのだと思った。

その目的はなにか。

雷鬼左衛門の望みが桜子に向けられたものなら、どんなことをしても雷鬼左衛門と会い、父の仇を討つと桜子は決意した。これは役人でもなく小龍太でもなくわたし、娘の桜子の、

「務め」

だと心に誓った。

南茅場町の大番屋前に泊められた船宿さがみの屋根船は、昨年の暮れに父の広吉が主船頭を、桜子が棹差しを務めて柳橋界隈にお披露目した新造船だった。

「桜子」

と不意に名を呼んだのは、父親の同輩の船頭ふたりと何事か話していた北町奉行所定町廻り同心堀米与次郎で、

「なんとしても百面相の雷鬼左衛門は北町のこのおれがとっ捕まえるぜ」

と言葉をかけてきた。

桜子はただぺこりと頭を下げた。

「堀米様、父の猪牙舟には千社札が残されておりましたか。わたしが見た猪牙には残っておりませんでした。奉行所がすでに持っていかれましたか」

「それだ。こたびの船頭殺しには千社札が見当たらないのだ。まさかとは思うが百面相の所業を真似た者の仕《し》業《わざ》かもしれない」

「でも、雷鬼左衛門は北町のおれがとっ捕まえるとつい最前堀米様は申されました」

「おりゃ、この残酷な仕打ちはやはり百面相の頭領のやり口だと思っておる。としたらなぜ千社札が残されてないのか」

「お父つぁんを殺したのは間違いなく百面相の頭領です。わたしもそう思います」

と堀米同心に言いながら、

（こたびの千社札はわたしが持っている）

と桜子は胸のうちで漏らしていた。

うん、と大きく頷いた定町廻り同心が大番屋に入っていった。

屋根船には茶菓のほかににぎり飯などの夕餉、それにちり紙や懐紙まで用意されていた。猪之助親方が盆の上の土瓶《どびん》から麦湯を茶碗に注ぎ、

「桜子、喉を潤せ。茶でもとらねえと身が保《も》たねえぞ。あちらは大河内の若先生に任せてよ、しばし体を休めていきねえ」

と言った。

「親方、弔いの仕度をしなければいけませんか」

「おお、こんなときにと思われるかもしれねえが、桜子の気持ちを聞かねえとな、明日の朝から動かざるを得ないのだ。おめえ、菩提寺を承知か」

「ぼだいじ、ですか」

「先祖が代々帰依《きえ》している、つまり、先祖の墓があるお寺さんのことだ。そんな寺を知ってるかと聞いているのだ」

桜子は、顔を横に振り、親方のほうが承知ではありませんか、という表情で見た。

「やはりそうか。何年も前のことだ。広吉とさ、懇意のお客さんの通夜に行った帰りよ、猪牙舟のなかで、『親方、もしもおれが死んだときは、うちの菩提寺に葬ってくれませんか』と願われたことがあったんだ。おまえさんの先祖の墓所がある菩提寺はな、京の妙心寺《みょうしんじ》末寺の禅宗東光山《とうこうざん》要津寺だ、竪川の南側にあるお寺さんよ」

「ああ、わたし、お父つぁんに連れられて深川のお寺にお墓参りに行ったことがあります。たしかわたしが棒術の道場に入門する間際のことではないでしょうか」

「そうか、そんなことがあったか。広吉はあまり墓参りにも行ってないようだった。ただ、幼いおまえがひとり残されるようなことにでもなったら困ると思って、おれに託しておきたかったんだろうよ。その要津寺で間違いねえな」

父親の広吉を葬る寺などほかに思い付かなかった。

「そう思います」

「ならば明朝、小春に寺に相談に行かせよう」

「お願い申します。親方、わたしがなにかやることがありますか」

「弔いと言っても大事《おおごと》にはなるめえ。内々でやるとして、最後におめえが参列者に『ありがとうございました』と頭を下げれば済むことだ。いや、その前に明日の宵にも通夜があるな。さくら長屋でやってもいいが、やはりうちの船宿でやるのがよかろうじゃないか。それでいいか」

「は、はい」

と桜子は返事をした。

「よし、ならばおれは堀米の旦那にこれからの次第を確かめておく。桜子、明日明後日は体を休められねえ。この屋根の下で少しでも休んでいかないか」

「親方、わたしは」

と言いかけた桜子は言葉を胸のなかに押し込んで頷いていた。

「おお、そうしねえ。弔いなんてえものはだれにとっても難儀だ。戸惑うことばかりだろうが周りの言葉を素直に聞くのが喪主の桜子、おまえの務めだ」

と親方が言い、屋根船を出ていった。

桜子は親方が注いでくれた麦湯をゆっくりと口に含んで喉に落とした。そして、父親の口に入れられていた千社札の裏面を行灯の灯りで改めて見た。

「娘船頭桜子に告ぐ
明日の読売をとくと読め

「この千社札はすぐに焼き捨てよ」

と認《したた》めてあった。

やはり百面相頭領の雷鬼左衛門からの伝言だった。なぜかこの娘船頭桜子に執《しゅう》着《じゃく》していた。ならばどのような犠牲を払ってでも会う。そして、父親の、

「あだを討つ」

と改めて決意した。

桜子は懐紙を千社札の大きさに折って行灯の火を移した。

(雷鬼左衛門の手が触れたはずの千社札はわたしが事を終えるまで手元に残す)

と胸に誓いながら炎を見詰めていた。

指先に炎が迫った時、桜子は屋根船の障子戸を開いて静かに水に落とした。そして、ほとんど黒焦げになった懐紙が水中に消えていくのを最後まで凝視していた。

(この様子を百面相の一味が必ずや確かめている)

と思った。

「桜子、なにをやっておる」

不意に小龍太の声がした。

はっ、として河岸道を見上げると、小龍太が訝《いぶか》しげな目でこちらを見ていた。

「なんでもありません。涙を拭ったちり紙を燃やしたのです」

桜子は膝《ひざ》の上に残した千社札を帯の間に隠すと、

「お父つぁんのところに行きます」

「いや、あちらにはな、親方も鉄造親分もおられるのだ。桜子はしばらくこの場で休んでおれ。明日から忙しくなろうでな」

と親方と同じ言葉を告げた小龍太は屋根船のところに下りてきて、しゃがんだ。そして、ちらりと桜子が流れに落とした「ちり紙」の行方《ゆくえ》を見た。もはや屋根船の灯りでもなにも見えなかった。

「それがし、いったん薬研堀の屋敷に帰ってな、あれこれと相談して参る。なにかうちで用意するものはないか」

と聞いた。

「いえ、小龍太様、ありがとう」

「われらの間に礼など要らぬ。それがしはそなたと哀しみや怒りをともにしたいのだ。それだけだ」

と言った小龍太が手を伸ばして桜子の手を握った。

「そのような言葉を聞くと涙が出ます」

「桜子、かような折りのために涙はあるのではないか。好きなだけ広吉どのを、親父どのを悼《いた》んで涙を流せ。そなたの涙を親父どのはどこからか見ておられよう」

と言うと手を離し、

「悩みごとがあればこの大河内小龍太に相談してくれぬか。どのようなことでもよい。ともになさねばならぬことがあればそれがしも必ず従う」

小龍太がじいっと桜子の顔を正視して言い切った。

しばし間を置いた桜子がこくりと頷いた。

「よし、明朝には大番屋に戻る。堀米同心とも親分とも話したが明日の昼前には親父どのの亡骸は柳橋のさがみに運ばれるそうな。通夜や要津寺での弔いのことは親方から聞いた。それがし、両親とも爺様とも話す。うちで用意するものは本当にないのか」

「小龍太様、わたし、どなたにもご面倒をかけて、申し訳なく思うております」

「桜子、幾たびも言わせるでない。それがしとそなたの仲ではないか。こたびの件で、そなたがどのようなことでも遠慮なしに頼ってよいのは、さがみの親方とおかみさん、それに大河内家の二家じゃぞ。よいな、そのことを決して忘れるでない」

と言ってまだ屋根船の船べりに置かれていた桜子の手をぽんぽんと叩くと勢いよく立ち上がった。

「小龍太様、気をつけて」

「それがしはそなたの、香取流棒術の師匠ではなかったか。よいか、気をつけねばならんのは娘船頭のそなたのほうだ。百面相の雷鬼左衛門について、北町の堀米同心とも話したが、皆目正体の知れぬ輩《やから》だと言っておられた。なにを狙っておるのか町奉行所の同心風情には分からぬともな」

と小龍太はいったん言葉を切り、

「北町奉行所内では、雷鬼左衛門をお縄にするより、そやつを見つけ次第、その場でどのような手を使ってでも殺せ、これまでやつが殺めた猪牙の船頭のために天誅《てんちゅう》を下すことがお城のお偉方の意にも適うのではないかと乱暴な考えを述べられる与力どののもおられるそうな。

となると広吉どのの仇を娘のそなたとそれがしが討つのも悪くない、いや、われらしか広吉どのと仲間の船頭衆のあだを討てる者はおるまい」

と桜子を唆《そそのか》すように漏らし、くるりと屋根船に背を向けた。そんな小龍太を見送っていると、桜子は久しぶりに、

「監視の眼」

を感じた。

桜子はそれを知らぬげに屋根船の障子戸を閉ざした。

三

深更《しんこう》、薬研堀の屋敷に戻った小龍太を祖父の大河内立秋と母親の茂香《しげか》と犬のヤゲンが迎えた。すでに船宿さがみの船頭頭を見舞った悲劇は伝えられていたが、小龍太が自らの見聞した事実を掻いつまんで告げると、桜子の大師匠である立秋が、

「さようか、桜子は耐えておるか」

「はい。大番屋ではさがみの親方、吉川町の親分、それに北町奉行所の定町廻り同心の堀米与次郎どのらが桜子についております。親方が屋根船を南茅場町の船着場に着けておりますゆえ、休む処もございます。通夜、弔いの仕度はさがみの

親方夫婦が堀米同心らと相談し、通夜は明日の宵、船宿さがみにて、弔いは明後日、深川六間堀の要津寺で営む手配をなすそうです」

と報告すると、

「小龍太、それがしは通夜に参ろう」

と立秋老が応じた。

「母上、それがし、桜子の傍らに控えて手助けしてやりたいと思いますが、形《なり》は変えたほうがよろしいですか」

と大河内家の嫡男である兄の衣服を借りられないかと言外に匂《にお》わせながら尋ねた。

「そなたにはなんぞのときにと継裃《つぎかみしも》を誂えてございます。通夜の前に着がえればよいでしょう。それにしてもまさかその衣装を最初に着るのが桜子さんの父御の弔いになるなんて。私は未だ桜子さんの父御が猪牙強盗などに見舞われたとは信じられませぬ。なにより独り身になった桜子さんの気持ちを察すると」

と母親は小龍太が知らぬことを告げたうえで哀しみの言葉を漏らした。すると傍らから立秋が、

「小龍太、差料《さしりょう》は黒漆塗鞘《くろうるしぬりざや》大小拵《こしら》えを用意しておく。然るべき刻限に屋敷に戻

ってこよ」

と言い添えた。

「ならばそれがし、このまま大番屋に戻りとうございます」

ふたりが沈思した。そして、

「小龍太、桜子には親方を始め、柳橋の親分や北町奉行所の同心がついておるというたな。そなたの気持ちも分からんではないが、夜分にふたたび大番屋に戻ることもあるまい。湯殿で汗を流して一刻でも体を休めておけ。そなたの役目は明日と明後日、桜子を傍らから支えることよ」

と立秋が言い切った。

小龍太はその指示に従うことにした。

水を浴びて着替えると床に入った。だが、直ぐには寝《しん》に就《つ》くことができなかった。五体は疲れていたが神経が冴《さ》え冴《ざ》えとしていた。

ふと思い出した。

大番屋の前に泊められた屋根船のなかで涙を拭った桜子がちり紙を燃やした光景をだ。確かに桜子は小龍太にそう答えた。それにしても涙を拭ったちり紙を燃やす要があっただろうか。桜子が燃やしたものは、小龍太にも隠さざるをえないほかのものではなかったか。

それがなにか思いもつかなかった。されど明らかに小龍太にも見せたくない紙片のようなものを燃やした桜子はその燃え殻《がら》を日本橋川の流れに沈めたのだ。

小龍太は夜分の河岸道に立ち、桜子は船着場に泊めた屋根船の障子の内から手だけを出していた。船の行灯の灯りは桜子の体で遮られて手元まではっきりとは見えなかった。

桜子が秘密にしたいこととはなにか。

しばし考えて、広吉の無惨な死に関わることではないかと小龍太は思い至った。秘密が生じるとしたらそれしかない。

小龍太は南茅場町の大番屋で桜子が広吉の亡骸に接した光景を思い出していた。

桜子は哀しみに耐えて父親の骸を抱きしめていた。次に見たときには、骸から身を離してじっと父親の顔を見つめていた。そしてそのあと、自分の代わりにお父つぁんが殺された、と呟いたのではなかったか。

あれこれと考えて小龍太の目がさらに冴えてきた。

広吉を無体にも彼岸に送ったのは百面相の雷鬼左衛門にちがいない。となると広吉は、百面相一味の謎に繋《つな》がるなにかを身に隠し持っていて、それを桜子が探し当てたのではないか。

さらに疑問が生じた。

それではなぜ、桜子はそのことを鉄造親分にも小龍太にも告げなかったか。大番屋には北町奉行所の定町廻り同心堀米与次郎もいたではないか。なぜ信頼できる堀米同心にもそれを報せなかったか。

思案し続けた小龍太は、桜子が独りでなにかを企《くわだ》てているのではないか、とついに気付かされた。そして、

（もしかして桜子は父親の仇を独りで討つ気ではないか）

と考えた。

娘が親の仇を討つ。

ありえないことではないと思った。

桜子は香取流棒術の遣い手だ。

大師匠は小龍太の祖父の立秋であり、直の師匠はこの小龍太だ。その自分にも告げずに独り桜子は残酷非情な百面相一味に挑もうとしているのか。

（いつだ）

小龍太はさらに考えた。

桜子は父親の通夜と弔いを控えていた。となると広吉を彼岸に送り出したあと、一味と対決しようと考えているのではないかと思った。ならばまだ幾らかの時は残されている。

桜子とふたりだけで会って問い質そうと小龍太は決意した。そして、ことんと眠りに落ちた。

一刻半ほど眠り込んだ小龍太の枕元に継裃一式と黒漆塗鞘大小拵えが用意されていた。

小龍太が起きた気配に母親が、

「通夜は船宿さがみで営むと申されませんでしたか」

「いかにもさようです。桜子もその旨を承諾しております、さがみの親方夫婦は桜子の親代わりを務める覚悟です」

「ご隠居様も通夜に参ると仰っておいでですが、この継裃、そなたが先にさがみに預けておいたらどうでしょう」

と母親が言い出した。

「そうですね。大番屋にて町奉行所の検視が終わったら亡骸はさがみに運ばれますから、その折りはそれがし、いつもの形で桜子に付き添います。となると屋敷に戻ってくる暇はありますまい。先に船宿に届けてから大番屋に向かいます」

「朝ごはんが出来ております。食していきなされ」

との母親の言葉に頷きながら、

（桜子は朝餉を食することもできまいな）

と小龍太は思った。


小龍太がさがみを訪れると船着場に呆然と立っているヒデとかよの夫婦がいた。

「若先生よ、えらいことが起こったな。おれたちの代わりに桜子さんのお父つぁんが殺されたんじゃねえか」

「ヒデさん、百面相の雷鬼左衛門一味がやったことだ。だれがだれの代わりなどと言えまい。さようなことを考えるのは止めよ」

「桜子さん、どうしているの」

「必死で哀しみと怒りに耐えておるとしか言いようがない」

と答えた小龍太は、

「女将の小春どのはおられるか」

「それがよ、深川の要津寺に明日の弔いのことで相談に行っていなさる。帰りに大番屋に立ち寄ると言い残されたぜ。おれたちのぼろ長屋は竪川を挟んですぐのとこだ。なにか手伝いたいがな、船宿の船頭衆から柳橋でじっとしているのがおめえらの一番の手伝いだと言われてよ」

「そういうことだ、ヒデさん。今宵は船宿で通夜だ、お互いやることも出てこよう」

小龍太は継裃一式を包んだ大風呂敷を持ってさがみに入っていった。すると船頭衆が、

「おお、若先生、えらいことが起こったな」

とここでもひと頻り船頭頭の広吉の悲劇の話が繰り返された。

「その大風呂敷、なんですね」

さがみの船頭のなかでも広吉に次いで老練な弥助《やすけ》が問うた。

「母上が用意してくれた継裃だ。それがし、これから大番屋に向かうがなにか親方に告げることはあるか」

「いえね、馴染みの客も読売で船頭頭の死を知ったか、遠慮して姿を見せねえや。そんな具合だと告げてくれませんか」

と言った弥助が若い船頭に、

「滋三郎《じさぶろう》、若先生を日本橋川の大番屋まで送っていけ」

と命じた。


そのころ、桜子は小春に連れられて南茅場町の湯屋《ゆや》に行き、さらに小春が呼んだ髪結《かみゆい》に髷《まげ》を調えられていた。腕のよい女髪結は元芸者の小春とは古い知り合いと見えて、

「えらい事になりましたね」

と小春に言葉をかけてきた。そして、小春の後ろで俯《うつむ》く長身の桜子を見て、

「ああ広吉さんの娘さんだね」

とすぐに事情を察すると、小春と桜子を湯屋の板の間の隅に座らせた。

「皆さん方、申し訳ございませんね」

と女髪結が湯屋の客に詫びると、

「なあに、私たちは湯から上がってひと休みしてるだけだから気にしなくていいんだよ」

と客が団扇《うちわ》を振って応じた。桜子は周りに頭を下げると、小春とともに床に座した。

ふたりの髷に女髪結の手が入った。

昨夜、亡骸が置かれた大番屋は猪之助親方や鉄造親分に任せて、桜子は屋根船で父親の死を独り悼んだ。

朝のうちに六間堀の要津寺に弔いを願ってきた小春が大番屋にも姿を見せて、

「桜子、おまえさんが広吉さんの喪主ですよ。いいかえ、その形ではいけませんt」

と湯屋に連れてきたのだ。

どれほどの時が経過したか。

湯屋の板の間に読売の売り方の大声が不意に響き渡った。

「おい、今朝の大ネタはよ、柳橋の船頭が百面相の雷鬼左衛門ってえ猪牙強盗《ぶったくり》に殺された読み物だよ」

と叫ぶと湯屋じゅうが森閑《しんかん》とした。すぐに客のひとりが表に飛び出して、

「とっとと失《う》せやがれ。いまこの湯屋で船宿さがみのおかみさんと船頭頭広吉さんの娘さんが髪を直されてるとこなんだよ」

「嗚呼《ああ》ー」

と悲鳴を上げた読売屋が、

「おりゃ、知らなかったんだよ、すまねえ。おかみさんよ、娘さんよ」

と慌てて詫びてその場を去ろうとした。すると、座したままの桜子が、

「読売を頂戴します。いえ、かように髷を直しておりますゆえ、その場で読み上げてもらえませんか。お父つぁんの最期がどんな風に書かれているか知りたいのです。お代は支払います」

と平静な声音で外の売り方に願った。

「桜子、おまえさんは」

と小春が予想外のことに口を挟もうとしたが、

「はい。広吉の娘にございます。そして本日の通夜、明日の弔いの喪主にございます。

おかみさん、わたし、読売にどんな風にお父つぁんの死が認《したた》められているか知りたいのです」

と言われて黙り込んだ。すると読売屋が湯屋のなかに向かって念押しした。

「娘さん、いいのかえ」

「お父つぁんはなにも悪いことはしていません。どうぞ読み上げてください」

と落ち着いた表情で桜子が願った。

「よし、読むぜ」

小龍太は、若い船頭の滋三郎に猪牙舟で送られて日本橋川の大番屋の船着場に着いた。

「おお、戻ってきなさったか」

と親方の猪之助が小龍太を迎え、

「桜子と小春はよ、いま知り合いの女髪結を呼んで髷を直してもらってるよ。どうだ、小龍太さんよ、湯屋に行き、さっぱりしたあと、おれたちも髪結床《かみゆいどこ》で頭を直さないか」

と誘った。

「通夜に着る継裃を母上が用意してくれたでな、さがみに預けさせてもらった」

「おお、それはいいや。ならば湯屋に行きますぜ」

と小龍太は馴染みのない南茅場町の湯屋に連れていかれて、二階に祖父から借り受けてきた黒漆塗鞘大小拵えを預けた。

「おや、いつもの刀とは違いますな」

「爺様が弔いのことを気にして大小拵えをお貸しくだされた。それがしには、いささか勿体ない打刀《うちがたな》じゃがな、広吉どのをきちんと見送りたいでな。借りて参った」

という言葉を猪之助は、いささか気は早いが小龍太が桜子の「亭主役」を務める覚悟なのだろうと考え、

「いえ、若先生の継裃姿の腰にきっと映《は》えますぜ」

と言った。小龍太はそんな親方といっしょに湯船に浸《つ》かり、

「親方、桜子はどうしていました」

「それがさ、妙に静かでさ、わっしらには一言も口を利かないんで。たった独りの身内が亡くなったんだ。もっと泣いたり叫んだりしてくれたほうが慰めようもあるんだがな」

親方の言葉に小龍太はただ頷いた。

湯屋からすぐ近くの髪結床に回ると、

「おや、親方、おかみさんと娘さんは最前、湯屋から大番屋に戻られましたぜ」

「おお、わっしらも湯屋に行ってきたところよ。急いで当たってくんな」

「あいよ」

と答えた髪結床の主が小龍太の頭と顔を当たり、年配の職人頭が猪之助親方の

頭を調えることになった。

「物騒な世の中になったたな、親方。猪牙舟の船頭を狙うぶったくりなんて昔はなかったよな」

「おうさ、確かに猪牙舟の船頭の懐にはよ、一分や二分の銭は入っていよう。だがよ、何十両何百両って話じゃねえや。それをあっさりと命まで奪っていきやがる。どんな魂胆だかね、許せねえ」

「それだ」

と応じた髪結床の主が、

「それにしてもよ、ひょろっぺ桜子って娘さんはよ、えれえ女子《おなご》だね。五体が哀しみに包まれているのがひしひしと伝わってくるのによ、言葉も振る舞いもまったく落ち着いたもんだな。あの歳でよく耐えてるぜ」

と言った。

「主どの、なんぞこちらでござったかな」

と小龍太が質した。なんとなく言いたいことがありそうな物言いに聞こえたからだ。

「へえ、わっしら、すっかり戸惑いましたぜ」

「桜子が落ち着いているからか」

猪之助親方が念押しするように問うた。

「それがね、おかみさんと娘さんが湯屋で髪を結っている最中、表に読売屋がやってきやがってね、まさか殺された船頭さんの娘さんと船宿のおかみさんが南茅場町の湯屋にいるなんて知らないものだから、大声上げて読売を売ろうとしたんだよ。そしたら、湯屋の客が表に飛び出してよ、売り方を怒鳴りつけたんだ」

と騒ぎの一端を告げた。

「桜子はそのとき、どうしておりました」

「そこだ、お侍。居合わせただれよりも落ち着いた口調でさ、『読売を頂戴しますが、髪を直しています。ゆえにその場でお父つぁんに触れた読売を読み聞かせてください』みたいなことを湯屋のなかから願ったのよ」

「なんだって桜子はそんな真似をしたんだ」

と親方が首を傾げ、職人が慌ててさあっと剃刀を引いた。

「おお、すまねえ。顔を当たってもらっているのを忘れちまってたよ」

と職人に親方が詫びた。

「で、売り方は読売を読み上げたのでござるか」

と小龍太が聞いた。

「へえ、売り方が大声なもので、わっしら店のなかにいても、中身はみんな聞きましたぜ」

「桜子はなにか申していましたか」

と小龍太が質し、

「いえ、売り方に丁重に礼を申して一分も渡したみたいでさ。読売屋め、これまたぶっ魂消てよ、残りの読売を放り出して逃げていきましたんで。ほれ、控えの間に積んでありましょう。お侍も一部持っていかれませんか」

「髭《ひげ》を当たってもらったあと、頂戴しよう」

桜子はいったいなにを考えているのかと小龍太は目を閉じて沈思した。

四

桜子は通夜そして弔いと喪主を神妙に務めた。その傍らには継裃姿の大河内小龍太が近しい身内のように控えて若い娘の喪主を支えていた。

広吉の亡骸は六間堀の禅宗の要津寺の墓地に埋葬された。

船頭頭の広吉の通夜と弔いには船宿さがみの猪之助親方が推量した何倍もの参列者があった。そのため、さがみの奉公人はもちろんのこと、柳橋のほかの船宿やお店も人手を出して応対してくれた。

予想もしなかった参列者の数と競争相手の船宿からの手助けは、広吉の人徳だけではなく、百面相雷鬼左衛門一味の猪牙舟船頭に対する残虐無比な所業に怒りを抱いた人々の心情の表れだった。

そんな二日間、船宿さがみの俄《にわ》か奉公人のヒデとかよ夫婦はせっせと下働きを務めていた。

要津寺の大勢の参列者を前に、喪主として桜子は父親を偲《しの》ぶ話を淡々としたあとで、深々と頭を下げて謝辞を終えた。

要津寺から柳橋へと戻る喪服の桜子の膝の上に位牌《いはい》が抱かれていた。

同じ屋根船には船宿さがみの親方と女将夫婦、桜子の朋友おちびのお琴こと横《よこ》山琴女《やまことじょ》、琴女の従兄《いとこ》で刀剣の鑑定家にして研師《とぎし》の相良文吉《さがらぶんきち》、船頭頭だった広吉の跡を継ぐ船頭の弥助、それに桜子の棒術の師匠の大河内立秋老、道場の跡継ぎの小龍太が喪主の傍らに控えていた。独り身になった桜子の新たな身内だった。

魚河岸の江ノ浦屋彦左衛門は川幅の広い竪川に格別に屋根船を待たせていて、

柳橋組とは別船だった。彦左衛門は別れ際、喪主の務めを果たした桜子に何事か告げていた。

屋根船が大川を遡上し始めた折り、猪之助が、

「ご一統様、通夜から弔いまで若い喪主桜子の傍らに控えてお力を授けてくださり、ありがとうございました。向後とも桜子の助けになってくだされ」

と挨拶した。そして最後に、

「わっしら夫婦同様に桜子の親代わりであり、桜子の生きがいの香取流棒術の大師匠、大河内立秋様、ひと言お言葉をお願い申します」

と願った。

通夜だけに出ようと最初は言っていた立秋老は、通夜の桜子の様子を見て小龍太に、

「爺ひとりが増えようと減ろうと弔いの次第になんの関わりもあるまい。だがな、うちは娘のいない家系じゃ。そんな大河内家の唯一の娘門弟が喪主を務める場に控えておるのも年寄りの務めかと思った。わしも菩提寺の墓所に埋葬される広吉どのに最後の別れがしたい」

と願って要津寺に出向き、小龍太と並んで桜子の後見の役目を務めることにし

たのだ。

「ご一統、真の身内の広吉どのが彼岸に旅立ち、その代わりというのはおかしかろうが新たな身内がこうして生まれた」

とまず言葉を発した立秋老が、

「桜子、われらをそう思うてくれぬか。どうだ、迷惑か」

と問うた。

「大師匠、迷惑なことなどありましょうか。これほど心強いお身内はございません」

と桜子が頭を下げた。

「そうか、心強いか。ならばもうひとつ、年寄りの節介を聞いてくれぬか」

「むろんでございます、大師匠」

立秋老が桜子の言葉に頷き返し、小龍太を見た。

「爺様、まさかそれがしが関わることではあるまいな」

「この話、ならぬか」

「うーん」

と迷った風の小龍太が桜子を見た。すると桜子がこくりと頷いた。

「ほれ、桜子はいいと言うておるではないか」

「弔いの帰りにめでたい話ですかえ」

と猪之助親方が問答に加わった。

「親方は当然察しておろう」

と立秋が応じて、

「大河内のご隠居様、わっしらはなんのことやらちんぷんかんぷんだ」

と船頭の弥助が一同を見廻した。すると立秋老が、

「うちはな、どういうわけか男ばかりの家系でな。まだ幼い桜子が、ちびのお琴と道場を覗きにきて、入門すると言い出したとき、わしは、『おお、うちに娘っ子の門弟が入門したぞ』と赤飯を炊きたいほど喜んだものだ。あれから十年か」

と言い、感慨にふけるように間を置いた。

「大河内のご隠居様よ、その先が聞きてえや」

「おお、弥助さんとやら、棒術の娘門弟にして猪牙舟の娘船頭をな、うちの嫁と呼びたいのだ。ご両人いかぬか」

と立秋老が桜子と小龍太を見た。小龍太が、

「弔いが終わったばかりじゃぞ。爺様、いきなりかような話があってよいのか」

と桜子を見た。

その桜子はしばし沈思して口を開いた。

「小龍太様、身罷った人は何日か魂がこの世に残り、人様の言葉を聞くことができると馴染みのお客様に聞きました。お父つぁんに小龍太様の返答を聞かせとうございます」

「香取流棒術の若先生、祖父上からも桜子からも催促がありましたよ」

とちびのお琴まで言い出した。

「進退窮《きわ》まったり」

と漏らした小龍太がしばし瞑目《めいもく》し、両眼を見開いた。

「それがしと桜子はもう十年近くも棒術の師と弟子として付き合うてきた。爺様の言うとおり、身内のような間柄とも思うておる。それだけでなく、それがしはいつしか桜子と二世の契《ちぎ》りを結びたいと願うようになった。その気持ちは桜子にも伝わっていると信じておる。だが、それがし、かような不幸が見舞うなどとは夢想だにせず、親父様に娘の桜子を貰い受ける大事な許しを得ておらなかった」

と言うや姿勢を正した小龍太が屋根船の左舷《さげん》の障子戸を開き、西の方角、日本橋や江戸城、さらには富士山が望める方向に向かい、

「広吉どの、そなたを舅《しゅうと》と呼ばせてくだされ。舅どの、桜子をそれがしの嫁に貰い受けてようございますな」

と平伏した。するとお琴の傍らに控えていた刀剣の鑑定家にして研師の相良文吉がぱちぱちぱちと手を打ち、一同がそれに和した。

「どうやら広吉の父つぁんの許しが得られましたな、若先生」

「あり難い」

と猪之助に頭を下げた小龍太が座を変えて桜子に向き合い、

「向後とも宜《よろ》しゅうお付き合いのほどを頼む」

「小龍太様、こちらこそお願い奉ります」

と桜子がこれまでの哀しみの表情をいくらかやわらげた顔を向けた。

「ご一統、かような話をみなで分かち合ったのだ。どうだな、親方、ふたりの祝《しゅう》言《げん》の目途をつけておかぬか」

と立秋老がさらにお節介話を勧めた。

「大師匠、せめてお父つぁんの一周忌が済むまではお待ち願えますか」

と桜子が願った。その胸中には、まず仇討ちの大事を解決してからだという想いがあった。

「一周忌な、先は長いが致し方ないか」

と立秋が猪之助を見た。

「桜子の気持ちを考えると致し方ねえ仕儀かと思いますな」

と応じて、

「ふたりが夫婦《めおと》になるには幾つもの段取りが要りますな。なにしろ旗本の部屋住みと娘船頭の祝言ですぜ。いったいどこから始めりゃいいのか。まずは仲人《なこうど》だな。仲人は大河内のご隠居様が務められますか」

「親方、わしは婿《むこ》たる小龍太の祖父じゃぞ。そなたら夫婦が務めるのが打ってつけではござらぬか」

「わっしらの立場もまた桜子の仮親ですぜ」

「となると仲人はだれにするな」

と立秋が屋根船のなかを見回した。

「大河内のご隠居、この場におられぬお方が打ってつけかと思います」

と小春が言い出した。

「ほうほう、この場におらぬ御仁とな」

「魚河岸を仕切る江ノ浦屋の大旦那五代目彦左衛門様にございますよ。まだ先代がご存命のころ、当代の彦左衛門様が吉原通いをしていたことまで承知の桜子です。どうだい、桜子」

「江戸でも指折りの分限者江ノ浦屋の大旦那が、新米の娘船頭としがない棒術の師範の仲人か、それこそ釣り合いがとれぬのではないか」

と桜子に向けた小春の問いに答えた小龍太が改めて桜子を見た。

「小龍太様、最前要津寺の船着場で彦左衛門様が申されました。『よいな、広吉船頭の弔いの手伝いはなにもできなかった。そなたとどなた様かの祝言、この江ノ浦屋彦左衛門夫婦に仲人を任せよ』と」

「言われたか。よし、これですべて決まったな」

と満足げに大河内立秋老が首肯した。


その夜、桜子は船宿さがみから独り、さくら長屋に戻った。

広吉の位牌を自分の住まいの桜子が設えた仏壇に安置したかったからだ。たったひとりの身内の父親と過ごしたかったのだ。

その深夜九つ（午前零時）前、棒術の六尺棒を携え、稽古着に着替えた桜子の姿が神木三本桜の前にあった。神田明神の御札と注連縄が張られた老桜の幹に額をつけて祈る桜子を遠くから見ている数人の人影があった。

だが、桜子はなにも知らぬげに老桜に拝礼し、深夜の柳橋の橋下に向かった。

いつもならこの界隈の船宿も引け四つ前に吉原に客を送り込んだ猪牙舟の姿がまだあるはずだが、広吉の弔いの夜だ。どこもが森閑としていた。

桜子は柳橋の下に舫っていた猪牙舟に密やかに乗り込むと艫の孔に黒白の吹き流しを垂らした六尺棒を立てた。父親の仇を討つ桜子の決意をその黒と白の吹き流しが示していた。

そのとき、橋下の闇に人の気配がした。

「桜子、そのほう、それがしとの約定を破り捨てる心算か。それは許されぬぞ」

「小龍太様」

となにか言いかけた桜子を無視して猪牙舟に飛び、

「そなたが参るところ、彼岸のかなたであれ、同道致す」

と告げた小龍太の手には六尺棒ではなく珍しく木刀があった。胴の間にごろりと寝た小龍太は、最前投げ込んでおいた古い帆布《はんぷ》にすっぽりと五体を包むと動きを止めた。

用意周到の小龍太の行動を見た桜子は猪牙舟を柳橋から大川へと無言裡《むごんり》に進め

た。橋下の闇を出た猪牙舟には桜子ひとりが乗っているように見えた。

桜子はどのような手立てか、百面相の雷鬼左衛門とつなぎをつけているようだった。南茅場町で読売屋の売り方に船頭の広吉が百面相一味に殺められた顚末を読み上げさせたということに小龍太は関心を抱いた。読売のなかに百面相頭領雷鬼左衛門との対決の場が隠されていたのだと推量した。桜子は死を賭して父親の仇を討とうとしているのだ。

小龍太は、桜子を死なせてはならぬと考えた。また、万が一仇を討ったとしても、町奉行所に若い娘のあだ討ちとして認められるかどうかという厄介な難題が待ち受けている、そのことを危惧した。

(できることならば公儀にも世間にも若い娘のあだ討ちが知られずに済ます方策はないものか)

と小龍太は考え、ふたりの知り合いに推測を打ち明けて相談した。

猪牙舟はどこへ向かっているのか、小龍太の推量は当たっているのか。分からないまま小龍太はひたすら息を殺して古帆布の下に潜んでいた。

桜子の猪牙舟の背後から二丁櫓の凝った屋根船が追尾していたが大川に出た猪牙舟に桜子しか乗っていないと判断したようで、大川の左岸に向かう猪牙舟から離れて大川右岸へと進路を向けた。

桜子の猪牙舟が小名木川に入ったとき、最前の屋根船とは異なる一艘の無灯の船が従ってきた。だが、桜子は一切、己の動き以外に関心を示さなかった。

どれほど時が経過したか。

小龍太は猪牙舟が止まったのを感じた。だが、微動だにしなかった。

闇の中に長い静寂が流れた。

「よう来たな、娘船頭の桜子」

百面相の雷鬼左衛門と思しき声が古帆布の下の小龍太に伝わってきた。

煙草吸いか、しわがれ声だった。

「雷鬼左衛門、なんの罪もないお父つぁんの命を無情にも絶ったのはおまえですね」

「ならばどうする」

「お父つぁんを含め、五人の猪牙舟船頭衆の仇を討ちます」

「ほう、生兵法《なまびょうほう》の棒術ごときでこの百戦練磨の雷鬼左衛門の命が絶てるかのう」

しわがれ声に若い女の笑い声が加わり、

「頭領、娘船頭の命はこの曾野香が貰い受けた」

と言うのが小龍太にも確かに聞こえた。

手にしていた木刀を握り直して小龍太が古帆布を剝《は》いで立ち上がった。その手に木刀があったが胴の間にあった竹棹も携えて猪牙の舳先に向かった。

「桜子の助勢を致す」

「おや、香取流棒術とやらの跡継ぎも猪牙に乗っておったか」

「そのほう如《ごと》き薄汚い人殺しの相手をするのは桜子一人《いちにん》の棒術で十分よ。それがしは立会人《たちあいにん》と思え」

小龍太は辺りを見廻した。

身を潜ませながら推量したとおり富岡八幡宮の門前町に架かる橋下に桜子の猪牙舟はいて、二丁櫓の屋根船の舳先に立つ大男の老人と若い女のふたりと対峙《たいじ》していた。

二艘の船は十数間ほど離れていた。

鬼左衛門は真槍《しんそう》を手にし、女は異国製の短筒《たんづつ》を構えているのを小龍太は確かめた。

不意に屋根船が未だ櫓を握ったままの桜子の猪牙舟に向かって一気に間合いを詰めてきた。

屋根船の下からは何人もの百面相一味が手槍や長脇差を手に姿を見せた。

二丁櫓が猪牙に激突する直前、竹棹を手にした小龍太が屋根船の舳先を突いて、直撃を防いだ。だが、屋根船と猪牙では船の大きさが違った。二丁櫓の屋根船が猪牙舟に激しくぶつかった。

小龍太は竹棹を捨てて木刀に持ち替え、桜子は黒白の吹き流しをつけた六尺棒を抜いた。

屋根船が小さな猪牙舟に伸《の》し掛かってきた。

その瞬間、阿吽の呼吸で小龍太と桜子のふたりは虚空に飛んでいた。

屋根船は猪牙舟に伸し掛かりながら堀の水面に着水した。直後、情婦の曾野香の手の短筒の引き金が引かれた。だが、屋根船の着水の衝撃もあって、銃弾はあらぬ方角へと飛んでいった。

そんな様子を虚空から落下しながら桜子も小龍太も見ていた。

雷鬼左衛門が怒声を上げながら落下してきた桜子の体に真槍を突き上げようとした。だが、桜子の六尺棒が寸毫《すんごう》速く雷鬼左衛門の脳天に叩きつけられていた。

同時に小龍太の木刀が短筒を構え直そうとした女の首筋を強打して堀に突き落とした。

あだ討ちは一瞬の間に終わった。

鬼左衛門と情婦の曾野香のふたりの体が堀に浮かんでいた。

屋根船の舳先に飛び降りた桜子と小龍太が、得物を突き出して抗《あらが》おうとする一味を睨み付けた。そこに三艘目の船が近づき、強盗《がんどう》提灯の灯りが一味を照らし出した。

「北町奉行所定町廻り同心堀米与次郎なり、神妙にせぬと雷鬼左衛門や女同然、骸になる覚悟を致せ」

と堀米同心が宣告し、

「嗚呼ー」

と悲鳴を上げた一味がそれぞれの得物を投げ捨てた。

小龍太が障子戸を蹴破って胴の間に木刀を突き入れ、

「床に伏せよ、鬼左衛門や女と同じ目に遭いたいか」

と叫び、一気に制圧した。

突然現れた北町奉行所同心と吉川町の鉄造親分と手下たちに桜子は驚きの目を向けた。

「桜子、われら北町奉行所が百面相頭領の雷鬼左衛門とその一味の女を打ち斃《たお》した。さよう心得よ」

と堀米が桜子に言い聞かせるように宣告した。

鉄造親分の手下のひとりが桜子の猪牙舟を引いてきた。

「桜子、薬研堀の若先生もこの場にはおらなかったのだ、よいな」

と言い添えた。

なにか言葉を吐こうとした桜子に、

「参ろうか」

と小龍太も屋根船から猪牙舟に乗り移ってきて、桜子は黙って櫓に手を掛けた。


翌日の昼下がり、日本橋南詰めの読売版元「江戸あれこれ」が売り出した読売が柳橋の船宿さがみに馴染み客からもたらされて、

「船頭頭の広吉さんらを殺しやがった百面相の雷鬼左衛門と情婦をよ、北町の定町廻り同心堀米の旦那と鉄造親分らが捕まえる大手柄を立てたそうだぜ。だがよ、あやつも必死で抗ったとか、北町の面々が致し方なくふたりを長十手で叩きのめして斃さざるを得なかったそうだ」

猪之助親方は客が見せた「江戸あれこれ」にざっと目を走らせた。

「こんな派手な捕物《とりもの》がありましたので。堀米同心から手札を頂戴している吉川町の鉄造親分はなにもうちに言ってきませんぜ」

「そりゃ、そうだよ、親方。鉄造親分も堀米同心同様に生涯一度の大手柄だ。北町奉行所は大変な騒ぎだってよ。当然のことながら北町奉行の小田切直年様も鼻高々とか。親分は大忙しでよ、いくら親しいさがみの親方にでも知らせる暇はねえんだよ」

「この話、さくら長屋にいる桜子は承知かね」

「なんでも薬研堀の棒術道場に行ったとか、さくら長屋の女衆が言っていたな。あちらにもだれぞが読売を持ち込んでいましょうな」

「そうか、そうですよね。それにしてもなんだか妙な感じだな」

と応じた猪之助親方に、

「親方、読売『江戸あれこれ』がいち早くこの話を出し抜いた背後を考えなよ。北町奉行所と読売版元の『江戸あれこれ』のお店は目と鼻の先、ご町内みたいに近いやね。北町奉行所が自分ちの手柄を早々に江戸じゅうに『江戸あれこれ』を通じて知らせたにはそれなりの曰くがあろうと言うもんじゃないか」

「まさか百面相の雷鬼左衛門が江戸城のお偉いさんとか、あるいは城中の重臣を陥れるために起こした騒ぎだとかいうあれですかえ。だって、この『江戸あれこれ』には一言もそんなこと書いてありませんぜ」

「読売に書かれては困るお方がおられるのさ。城中では雷鬼左衛門が北町奉行所の同心に口を封じられたんで、ほっとしておられる人が数多《あまた》いてな、祝杯を挙げているって話だぜ」

「となると堀米の旦那は出世してよ、吉川町の親分には公儀から褒美が出るな」

「親方、そう都合よくはいかねえな。まずは北町奉行小田切様がご出世なさるだろうがよ、雷鬼左衛門と生きるか死ぬかの大捕物をした堀米同心や鉄造親分の番が来るのはあとのあとだ」

「いよいよ妙だ。桜子はどう思ってるのかね」

と頭を捻った。

ともあれこの百面相の頭領雷鬼左衛門と情婦の曾野香のふたりが北町奉行所の面々に捕縛《ほばく》される最中に斃されたことが読売などで世間に伝わると、あれだけ頻発していた猪牙強盗も一気に消滅した。

その朝、桜子は若先生の大河内小龍太にいつも以上に厳しく稽古を付けられていた。一刻以上もの険しい稽古を道場にいた門弟衆は呆気《あつけ》に取られて見ていた。

そして、

「若先生は、将来の嫁女をえらく厳しく指導してござるな」

「そりゃ、そうだ。祝言を挙げたあと、かような厳しい稽古ができるものか」

「おお、確かにそうだ。若先生、嫁の桜子にゆくゆく頭が上がらぬようになってはいかぬと、ただいま、力を見せつけておられるのよ」

などと笑いながら言い合った。

そんな両人の稽古を大河内立秋老がなんとも複雑な眼差しで見ていた。

終章

阿蘭陀国ホラント州デン・ハーグの骨董品店《こっとうひん》に異色の二枚の絵が飾られてあった。

デン・ハーグは北海に面した美しい砂浜で知られ、古《いにしえ》から宮殿や貴族の邸宅が運河沿いに連なり、オランダのなかでも美しい都として知られていた。またナッソウ＝ジーゲン侯爵ヨハン・マウリッツの邸宅（後のマウリッツハウス王立美術館）もあってレンブラントやフェルメール時代（十七世紀）の絵画の収集家や美術愛好家が訪れる都として知られていた。

そんなデン・ハーグの漁師町の一角に一軒の骨董品店バターヒャがあった。魚臭い町の骨董屋に客が入った例しはなく、いつ潰れても不思議ではない店だった。その店の壁に二枚の、丁寧に描かれた油絵が飾られていた。当代の店主が博打《ばくち》の負けのカタに入手した絵だった。ゆえに売値を店主は夢想したこともなかった。

無名の画家アルヘルトス・コウレルが描いた一枚目の絵は『花びらを纏った娘』、そして二枚目は『チョキ舟を漕ぐ父と娘』と呼ばれていたが、骨董品店バターヒャも二枚の絵も時世から取り残されていた。

（三巻につづく）

この作品は文春文庫のために書き下ろされたものです。

編集協力　澤島優子
地図制作　木村弥世

文春文庫

あだ討《う》ち
柳橋《やなぎばし》の桜《さくら》（二）

定価はカバーに
表示してあります

2023年7月10日　第1刷

著　者　佐《さ》伯《えき》泰《やす》英《ひで》
発行者　大沼貴之
発行所　株式会社　文藝春秋

東京都千代田区紀尾井町 3-23　〒102-8008
TEL 03・3265・1211㈹
文藝春秋ホームページ　http://www.bunshun.co.jp

落丁、乱丁本は、お手数ですが小社製作部宛お送り下さい。送料小社負担でお取替致します。

印刷製本・凸版印刷
Printed in Japan
ISBN978-4-16-792060-9

電子

佐伯泰英作品

酔いどれ小籐次

（決定版 全19巻＋小籐次青春抄 合本あり）

新・酔いどれ小籐次

（全25巻 合本あり）

照降町四季

（全4巻 合本あり）

空也十番勝負

（決定版5巻＋5巻）

PCやスマホでも読めます！

電子書籍のお知らせ

居眠り磐音

居眠り磐音〈決定版〉

① 陽炎ノ辻　かげろうのつじ
② 寒雷ノ坂　かんらいのさか
③ 花芒ノ海　はなすすきのうみ
④ 雪華ノ里　せっかのさと
⑤ 龍天ノ門　りゅうてんのもん
⑥ 雨降ノ山　あふりのやま
⑦ 狐火ノ杜　きつねびのもり
⑧ 朔風ノ岸　さくふうのきし
⑨ 遠霞ノ峠　えんかのとうげ
⑩ 朝虹ノ島　あさにじのしま
⑪ 無月ノ橋　むげつのはし
⑫ 探梅ノ家　たんばいのいえ
⑬ 残花ノ庭　ざんかのにわ
⑭ 夏燕ノ道　なつつばめのみち
⑮ 驟雨ノ町　しゅううのまち
⑯ 螢火ノ宿　ほたるびのしゅく
⑰ 紅椿ノ谷　べにつばきのたに
⑱ 捨雛ノ川　すてびなのかわ
⑲ 梅雨ノ蝶　ばいうのちょう
⑳ 野分ノ灘　のわきのなだ
㉑ 鯖雲ノ城　さばぐものしろ

㉒ 荒海ノ津《あらうみのつ》
㉓ 万両ノ雪《まんりょうのゆき》
㉔ 朧夜ノ桜《ろうやのさくら》
㉕ 白桐ノ夢《しろぎりのゆめ》
㉖ 紅花ノ邨《べにばなのむら》
㉗ 石榴ノ蠅《ざくろのはえ》
㉘ 照葉ノ露《てりはのつゆ》
㉙ 冬桜ノ雀《ふゆざくらのすずめ》
㉚ 侘助ノ白《わびすけのしろ》
㉛ 更衣ノ鷹《きさらぎのたか》 上
㉜ 更衣ノ鷹《きさらぎのたか》 下
㉝ 孤愁ノ春《こしゅうのはる》
㉞ 尾張ノ夏《おわりのなつ》
㉟ 姥捨ノ郷《うばすてのさと》
㊱ 紀伊ノ変《きいのへん》
㊲ 一矢ノ秋《いっしのとき》
㊳ 東雲ノ空《しののめのそら》
㊴ 秋思ノ人《しゅうしのひと》
㊵ 春霞ノ乱《はるがすみのらん》
㊶ 散華ノ刻《さんげのとき》
㊷ 木槿ノ賦《むくげのふ》
㊸ 徒然ノ冬《つれづれのふゆ》
㊹ 湯島ノ罠《ゆしまのわな》
㊺ 空蟬ノ念《うつせみのねん》
㊻ 弓張ノ月《ゆみはりのつき》
㊼ 失意ノ方《しついのかた》
㊽ 白鶴ノ紅《はっかくのくれない》
㊾ 意次ノ妄《おきつぐのもう》
㊿ 竹屋ノ渡《たけやのわたし》
(51) 旅立ノ朝《たびだちのあした》

新・居眠り磐音

① 奈緒と磐音《なおといわね》
② 武士の賦《もののふのふ》
③ 初午祝言《はつうましゅうげん》
④ おこん春暦《おこんはるごよみ》
⑤ 幼なじみ《おさななじみ》

酔いどれ小籐次

新・酔いどれ小籐次

① 神隠し かみかくし
② 願かけ がんかけ
③ 桜吹雪 はなふぶき
④ 姉と弟 あねとおとうと
⑤ 柳に風 やなぎにかぜ

⑥ らくだ
⑦ 大晦り おおつごもり
⑧ 夢三夜 ゆめさんや
⑨ 船参宮 ふなさんぐう
⑩ げんげ

⑪ 椿落つ つばきおつ
⑫ 夏の雪 なつのゆき
⑬ 鼠草紙 ねずみのそうし
⑭ 旅仕舞 たびじまい
⑮ 鑓騒ぎ やりさわぎ

酔いどれ小籐次〈決定版〉

⑲ 青田波 あおたなみ
⑱ 鼠異聞 ねずみいぶん 下
⑰ 鼠異聞 ねずみいぶん 上
⑯ 酒合戦 さけがっせん

⑳ 三つ巴 みつどもえ
㉑ 雪見酒 ゆきみざけ
㉒ 光る海 ひかるうみ
㉓ 狂う潮 くるううしお

㉔ 八丁越 はっちょうごえ
㉕ 御留山 おとめやま

① 御鑓拝借 おやりはいしゃく
② 意地に候 いじにそうろう
③ 寄残花恋 のこりはなよするこい
④ 一首千両 ひとくびせんりょう
⑤ 孫六兼元 まごろくかねもと
⑥ 騒乱前夜 そうらんぜんや
⑦ 子育て侍 こそだてざむらい
⑧ 竜笛嫋々 りゅうてきじょうじょう

⑨ 春雷道中 しゅんらいどうちゅう
⑩ 薫風鯉幟 くんぷうこいのぼり
⑪ 偽小籐次 にせことうじ
⑫ 杜若艶姿 とじゃくあですがた
⑬ 野分一過 のわきいっか
⑭ 冬日淡々 ふゆびたんたん
⑮ 新春歌会 しんしゅんうたかい
⑯ 旧主再会 きゅうしゅさいかい

⑰ 祝言日和 しゅうげんびより
⑱ 政宗遺訓 まさむねいくん
⑲ 状箱騒動 じょうばこそうどう

小籐次青春抄
品川の騒ぎ・野鍛冶 のかじ